喉の奥なら傷ついてもばれない

宮木あや子

JN030277

集英社文庫

目次

本文デザイン／鈴木久美
挿絵／ヒグチユウコ

喉の奥なら傷ついてもばれない

愛情と呼ばれる檻《おり》につながれている人へ

天国の鬼

玄関扉の向こうで娘が泣いている。お母さんごめんなさいもうしません。彼女が着ていた110サイズの小さな子供服は鋏《はさみ》で切り刻まれて、今、私の足元に散らばっている。ピンク色のTシャツにプリントされたうさぎの耳が頭から離れ、胴体もまっぷたつだ。

ごめんなさいもうしません中に入れてください。

ひっきりなしに扉は叩《たた》かれる。娘のやかましい泣き声と扉を叩く騒音の中、私はコーヒーを淹《い》れるため床から立ちあがる。なんで娘は扉の外で泣いてるんだっけ。あの子は何をしたんだっけ。思い出せない。ただ彼女の柔らかなピンク色の尻を何度も打ったのは憶《おぼ》えてる。何故《なぜ》なら手のひらが熱くじんじんと痛痒《いたがゆ》い。

まさか自分が己の母親と同じことをする母親になるとは思っていなかった。五歳の娘は毎日私を何かしら苛立《いらだ》たせる。だから私は娘を叩く。自尊心を失わせるために服を脱がして裸にする。娘は泣き喚《わめ》く。五月蠅《うるさ》いから扉の外に出す。それだけのことなのだ。母もきっと、それだけの理由だったのだろう。私が彼女にどうして怒られていたのか判《わか》らないのと同じように、今、私は娘をどうして叱ったのか憶えてない。

お願いです入れてください、寒いよ、お母さん。

金属でできた重々しい玄関扉は、なんだか、オーケストラの打楽器のような音を立てる。聴き慣れるとあまり耳障りではない。ただただ娘の泣き喚く甲高い声だけが不快だ。レゴブロック、縫いぐるみ、クレヨン、切り刻んだ服の残骸で散らかったリビングの床。淹れたてのコーヒーの薫香は視力も聴力も奪うブラインドとなり、私は雨の降る窓の外を眺めたあと目を閉じる。

夫が勤めから帰ってきてすぐ、娘は眠りに就いた。夫と私の仲は良い。職場の同僚のみやげ物だとかいう珍しい銘柄のウイスキーを食後のコーヒーに垂らして一口飲んだあと、彼は言う。

「そろそろ夏物のシャツ出しておいて」

「まだ五月だよ?」

「うん。でも最近暑くて」

「太ってきたんじゃないの?」

「そうかも」

私は食卓から離れ、和室の押入れのカラーボックスを開けて半袖のシャツを取り出した。押入れの隅には切り刻んで捨てていない娘の服の成れの果てがぎゅうぎゅうと詰め込まれたビニール袋。夫は押入れを開けないから存在を知らない。

リビングに戻って皺《しわ》だらけの半袖のシャツを夫に着せてみると、やはり太ったらしく腹のあたりがパンパンだった。

「これはちょっとみっともないなあ。女子社員に嫌われちゃうかもよ」

「そうだね。週末新しいの買いに行こう。ついでにココの服も。身長伸びたでしょ」

「うん、だいぶ。去年の夏物は入らないかも」

見つけられない子供のほうが多いのだろう、と思う。押入れにある服の残骸のように、誰の目に触れることもなくいずれ叩かれたことを忘れて大人になった人が、この社会にどれだけ紛れ込んでいるのだろう。どれだけ普通の顔をして生活を送っているのだろう。

夫を風呂に入れたあと、携帯電話を起動させメールアプリを開いた。おやすみ、という四文字だけを打って、明良《あきら》に送る。既読マークなどつかない普通のメールだから、相手がそれを見たかどうかは判らない。二分後、おやすみ、と同じ四文字が返ってきて、私は少し心を軽くして再び携帯電話の電源を落とす。

四ヵ月前、明良に再会しなければたぶん私は母親に叩かれていたことを忘れたまま死ぬはずだった。親子連れやカップルで賑《にぎ》わう週末の大型ショッピングモール、びっしりと連なるたくさんの洋品店には、セールで誰にも買ってもらえなかった残飯みたいな冬物の衣料と、花畑みたいな色合いの春物の衣料が入り混じり、季節が変わる混乱を物語っていた。三ヵ月後から娘は幼稚園に通う。

――好きなところ見てきていいよ。

アメリカ資本のだだっ広いおもちゃ屋のレゴブロックコーナーで娘と夫が楽しそうにしている様子をぼんやりと眺めていたら、夫が言った。

――え？

――最近あんまりひとりでゆっくりしてないでしょ。一時間後くらいに電話して。

ありがとう、と私が言うと夫は、いつもおつかれさま、と返してきた。

おもちゃ屋を出て反対側にある、服飾用品を扱う店が並ぶ一角へ向かう。新しい下着がほしかった。途中、色とりどりのランドセルが展示されていた。全二十色あるという。ショーケースはクレヨンの箱みたいだった。私が子供だったときは赤と黒しかなかった。自分がもし今子供だったら何色がほしいだろう、と考える。ピンクがいい。女の子らしくて可愛《かわい》くて、大人が規範的な女児の好む色として安心するピンク色。

ランドセルのコーナーを通りすぎ、左右の店が大人の衣料を扱う一角になったとき、私とすれ違った男の人がこちらを振り向いたのが見えた。何故なら私も彼を振り向いたからだ。

こんなことってあるんだ。生まれ育った街から遠く離れたこの土地で、同じ時間に同じショッピングモールで、元同級生同士が再会することなんてあるんだ。

と、たぶん私の顔を見た向こうも思っていただろう。私はひとりで、明良もひとりだった。しかしふたりとも左手の薬指に指輪があった。私の視線が彼の左手に向かったのと同時に彼の視線が私の左手に刺さったのを感じた。

——なんでここにいるの？

久しぶり、とも、元気？　とも言わず、明良は私にそう尋ねた。

——そっちこそ。なんでここにいるの？

十七年越しの再会でも私たちはお互いを認識していた。十七年間一度も会っていなかったのに、お互いを見分けたことを不思議だとも思わなかった。

——良かった、生きてて。

なんで、の問いには答えず明良は言った。その短い言葉が耳を通って身体の中に落ちたとたん、急速な冷えが私を襲った。身体が強張《こわば》る。

——俺、ここの社員なの。月イチくらいで本社から来てるんだ。

明良はポケットから名刺入れを出して私に一枚渡した。社名の下になんだかよく判らない肩書きと、明良の名前が印刷されている。文字を目でなぞり、改めて、明良に再会したのだ、と実感した。

じゃあ、と言って私に背を向けた明良に、私は咄嗟《とっさ》に声をかけ呼び止めた。

——ねえ、また会える？

振り向いた明良は、いつでも連絡して、と言った。そして今度こそ急ぎ足で去っていった。

娘は別に私に怯《おび》えたりしない。私もそうだった。裸にされて顔と尻を叩かれて雪の降る庭に放り出され、泣き叫んで許しを請い、疲れて声も出なくなりぐったりしてきたころに母は私を家に入れる。寝て起きた次の日には叱られたことも叩かれたことも忘れ、また叱られて叩かれて裸に剝《む》かれて外に出され、泣き叫んでぐったりして、三日目くらいにポンプのように嘔吐《おうと》して熱を出し、病院に連れてゆかれる。そんな日々だった。

明日香《あすか》は甘ったれで、身体が弱いから。すぐ熱を出すんです。

母の説明により、医師が私につけた病名は自家中毒だった。特に疑問にも思わなかった。

娘は私より丈夫らしく、猛暑だろうと厳冬だろうと、裸にして外に出しても熱は出さないし熱中症にもならない。医療費がかからないため家計は助かる。しかし少し物足りない。

半袖シャツにアイロンをかけ終え、娘を間に川の字になって寝て起きて朝食を作り、食べさせ、娘と共に夫を送り出したあとゴミを捨てにゆく。この団地は基本的にいつでもゴミを出せるが、これは娘を幼稚園バスに乗せる作業も兼ねている。娘の手を引き反対側の手でゴミ袋を持ち三階から階段を下りて集積所に向かうと、同じ号棟の住人たちが四人くらいで集まって話をしていた。

「おはようございます」

私が声をかけると向こうもにこやかに「おはようございます」と返してくる。娘の泣き喚く声は彼女たちにも確実に聞こえている。しかし誰も何も言わない。そんなもんだろう。

団地の中央に幼稚園バス乗り場がある。そこまで歩いていくあいだに、娘は呑気《のんき》に歌を歌っていた。

「なんの歌?」

「パンダの歌」

自作のパンダの歌が三番になるころバス乗り場についた。と同時にバスがやってくる。娘は笑顔で私に手を振り、バスに乗り込む。そのあとは半ば扉の中に押し込まれるようにして泣き叫ぶ男児が乗り込んだ。五人の園児を乗せ、バスは走り去ってゆく。

「ココちゃんどうしてあんなに大人しく幼稚園に行ってくれるの?」

泣き叫んでいた男児の母親が、朝だというのにやつれ切った困り顔で私に問う。

「さあ。幼稚園が好きなんじゃないかな?」

私も真似《まね》して困り顔で答え、その場をあとにする。家に戻って携帯電話の電源を入れ、おはようのメールをしようとしたら、先に明良からメールが届いた。「今日そっちの店に行く」という短い文面を見て、私は慌てて「わかった」と返し、洗面所に向かった。服を脱ぎ、シャワーを浴びる。

お母さんごめんなさいもうしませんごめんなさい。

と、何回叫んだだろうか。少なくとも中学生になってもまだ同じ言葉を叫んでいた。素っ裸で。庭で。庭はかなり広かったがそれでも門の向こうからは、全裸で許しを請う私の姿が通行人に見えていたはずだ。

日本人は見て見ぬふりが得意な民族だと思う。庭は広かった。家も大きかった。したがって私の実家はおそらく結構な金持ちだったはずだ。そんな家が世間体とかいうものを気にもせず、娘を全裸で外に叩き出していたことが、「世間体」という言葉を知った当時は不思議で仕方なかった。

明良は私の家と同じくらい大きな家に住んでいる男子だった。小学校の学区は違い、中学から同じになった。小学校から彼と同じだった男子たちは明良のことを「ボン」と呼んでいた。ぼんくらのボンかと思っていたら、ぼっちゃんのボンだった。

――なあ、おまえ、大丈夫か？

彼がそう声をかけてきたのは、私たちが三年生にあがり同じクラスになって間もなくのころだ。

——なにが?

ちょうど前日から生理が来ていたため、顔色でも悪いのかと私は頰を触って答えた。

——おまえが行ってる病院、あれ、うちのオヤジが勤めてる病院。

私が母に連れて行かれている病院は菅原《すがわら》病院という、内科と整形外科と耳鼻科がある小さな総合病院だった。そして彼の苗字《みょうじ》も菅原だった。

——え、もしかして院長の息子?

——いや、院長はうちのじいさん。オヤジは病院の事務長。

で、かーちゃんが看護婦。と彼はつづけた。放課後の教室、帰る生徒と部活に向かう生徒と寄り道の相談をする生徒とが入り混じる中で、私たちはどう見えてるのかな、と関係ないことを考えた。菅原明良は女生徒に非常に人気のある男子だった。病院の息子という事実を彼と同じ小学校出身の女生徒たちは知っていたのだろう。加えて彼は容姿が良かった。一般的に「かっこいい」と言われるタイプではなく、「綺麗《きれい》」と賞賛されるタイプの顔と骨格で、私も初めてまともに話をして、その姿と佇《たたず》まいに一瞬見惚《みと》れた。

——来院回数が多すぎるって、かーちゃんが。どっか悪いの?

——身体が弱いの。

——内臓疾患?

——よく判らない。自家中毒だって言われてるけど。

私を初めて自家中毒と診断した町医者は私が小学校四年生のときに死んだため、そのあとは少し離れた菅原病院に通うことになった。

――自家中毒って十歳くらいまでの病気だよ、もっと入院施設とかある大きい病院行ったほうがいいんじゃないの？

――でも私、ただお母さんに連れて行かれてるだけだから本当によく判らないの。心配してくれてありがとう菅原君。

私がそう言ってなんとなく笑うと、意外なことに彼は顔を赤らめた。ああ、心配してくれたわけではなく、それを口実に私と喋《しゃべ》りたかっただけなのだな、と少し落胆した。

霧雨の降る中、水色の軽自動車を走らせ、ショッピングモールに向かう。平日の午前中の駐車場はがらんとしていて、着いた、南駐車場にいる。とメールをした五分後くらいにスーツ姿の明良が小走りにこちらへ向かってくるのが、遮るものなく見えた。

「出てきて大丈夫なの？」

助手席に乗り込んだ明良に問う。小さな水滴が髪の毛にたくさんついていた。手を伸ばしてそれを拭う。

「うん、会議は午後から」

逢瀬《おうせ》はあの再会から二度目だった。エンジンをかけ、街道沿いのホテルへと車を走らせる。フロントで鍵を受け取り、部屋に入り服を脱ぐ前に私たちは抱き合った。彼の纏《まと》った衣服からは違う家庭のにおいがする。再会したとき、明良は私に「良かった、生きてて」と言った。私もこの瞬間、たぶん意味合いは違うけれど生きてて良かった、と思う。また明良に会えたこと、明良とこうして抱き合えること。奇跡みたいだ。

二度目の逢瀬だが、私たちはお互いの十七年間について、一言も喋っていない。名刺を受け取った翌日の夜、私は名刺に記されたメールアドレスに、件名を「明日香です」、内容は「おやすみ」とだけ送った。記載されていたのは会社のメールアドレスだったが、転送設定されているらしく、数分後に携帯電話ドメインのメールアドレスから明良も同じ文字を返してきた。翌朝、おはよう、と送ってきたのは明良のほうからだった。だから私も、おはよう、と返した。四文字以上のやりとりは一切交わしてこなかった。それが一ヵ月と少しつづいたあと、「今日そっちに行く」というメールが来た。

私が結婚したのは二十六歳のときだ。明良のことは忘れよう、と思っていた。実際に結婚するまでの十年余りの歳月で記憶は薄れていった。深い切り傷が修復し、細く脆《もろ》そうなピンク色のビニールみたいな皮膚を残して完治するのと同じく、痕は残しつつも確実に薄れた。他人に忘れられることが死ぬことに似ているように、私の心の中で明良の息の根はとっくに止まっていた。それなのに。

「い、やっ」

冷たいシーツの上、明良の指に脚の間を触れられ、思わず声を漏らす。

「イヤじゃないでしょ」

指は湿り気を帯びた柔らかなところを割り、痛みと痺《しび》れを伴って中に入ってくる。イヤなわけがない。だってずっと待っていた。

お互いにホテルでシャワーを浴びられない。家庭の外のにおいを家庭に持ち帰れないから。だから先にシャワーを浴びてきた。裸になった明良の首の辺りからも、違う家庭のにおいがする。たぶん柔軟剤とか、そんなにおい。

長く甘いくちづけは唇から頤《おとがい》へ、頤から首筋へ、鎖骨へ、胸へ、唾液の筋を残しながら降りてゆく。肋骨《ろっこつ》の上にはほとんど肉が付いていないから、じかに骨を舐《ねぶ》られている気持ちになる。もっと深くまで、皮膚など突き破って彼の舌が細い骨と骨のあいだを味わってくれればいいのにと思う。

配偶者に対する嫉妬はなかった。たぶん明良が一番愛しているのはまだ私で、彼の人生から私が消えたのと同時に、彼は私の存在に白い布を被《かぶ》せたのだろう。そうして、忘れた。私が十年かけて明良を忘れたのと同じように。

指に解《ほぐ》された私の身体は明良を受け入れる。とても自然に、私たちが原始からひとつの物体であったかのように、受け入れ、ひとつになり、快楽に身を委ねてやがて果てる。ふたりの人間がひとつになる方法が、法律的な婚姻と物理的な性交しかないのならば、私たちには物理的なほうしか選択肢はない。

ふたつの物体に分かれたあと、明良はまた言った。良かった、生きてて。


十七年前の秋、私と明良は駆け落ちをした。

——おまえの家、おかしいだろ。

十月の終わりの放課後、理科準備室へ連れて行かれ、詰め寄られた。暗幕に閉ざされた狭い部屋に漂う微《かす》かな塩素の匂いがなんとなく心地よかった。

——おかしいかな?

——おかしいよ、中学生の娘裸にして外に出すなんて異常だよ。

——……見たんだ。

——……一昨日、塾の帰りに。

ごめん、と言ったあと明良は口を噤《つぐ》んだ。裸を見られたことよりも、泣き叫んで親に許しを請うているさまを見られたことが恥ずかしかった。しばらくの沈黙ののち、再び明良は訊《き》いた。

——……なんであんなことされてんだよ。

——お母さんに怒られるの。ほとんど毎日怒られるの。あ、でも中学生になってからは三日にいっぺんくらいになったけど。

――なんでそんなに怒られてんの？

――姿勢が悪いとか、お茶碗《ちゃわん》にご飯が一粒残ってたとか、食事のときに肘をついてたとか、お箸の持ち方が正しくないとか、靴が綺麗に揃《そろ》ってないとか。

おそらく明良が見たのは、一昨日の、電気を消してなくて怒られたパターンだ。この近辺に唯一存在する進学塾は厳しいことで有名で、ここに通う生徒たちの帰りはだいたい夜の十一時すぎになる。一昨日、私は十時に布団に入ったあと、すぐに尿意をもよおし、トイレに行った。そして電気を消し忘れた。十一時すぎ、寝入っていた私を母親は叩き起こし、比喩でなく本当に頬を引っ叩《ぱた》いて起こし、どうしてこんな簡単なこともできないの、と頬を叩きながら私に服を脱ぐよう命じた。言われるまま私は服を脱ぐ。四つんばいになるよう言われ、今度は尻を叩かれる。ごめんなさいお母さん、もうしません。何度言ったら覚えるの、もう聞き飽きたわ。ごめんなさいごめんなさい。謝るだけなら幼稚園児にだってできるわよ、どうしてそんなにだらしがないの。ごめんなさいもうしません。

そして私は外に出された。で、明良がそれを見た。

――そんなことで怒られるの？

――え？　怒られないの？

一ヵ月に三回くらい、私は熱を出したり過呼吸を起こしたりする。このときに母親は私を病院に連れて行く。

　この子、身体が弱くて。

　嘔吐は毎日で、食べたものをほぼすべて吐いてしまうために私が太らないことも母親の気に食わない。もっと太らないと死んじゃうんだから、と母親は、夕飯に学校給食の十倍くらいの食べ物を私に食べさせようとする。とりあえず出された皿は空にして、彼女が風呂に入っているあいだにトイレでぜんぶ吐き戻す。そうしないとおなかが重くて動けないからだ。しかし母の入浴の時間まで耐え切れず、うっかり吐いてしまうことがあり、そんなとき彼女は嬉《うれ》しそうな顔をしてまた私を病院に連れて行く。

　この子、本当に身体が弱くて。どうしたらもっと丈夫になってくれるのかしら。

　ぐったりした私と、嬉々《きき》として娘の病弱さを訴える母親を、明良の母親が何度も見ていた。私のカルテには栄養失調と書かれていたそうだ。彼女は息子に「同じ学校の女子生徒」の様子を伝えた。偶然にもその女子生徒は息子が思いを寄せる相手だった。

　この日、明良はそれ以上追及しなかった。しかし三日後、大雨の夜、たぶん「足音がうるさい」という理由で怒られて外に出されたとき、泣いて許しを請うている自分の声の一瞬の空白に、門の外から私を呼ぶ声が聞こえた。すごく小さな声だったと思う。けれど私はその声を聞き取った。裸足《はだし》で庭の濡《ぬ》れた芝生を踏み歩いてゆくと、そこには明良の姿があった。

——とりあえず、着ろ、寒いだろ。

門の外からトレーナーとズボンを差し出し、明良は言った。私が言われるままにそれを身に纏うと、彼は慎重に、音を立てないよう門を開け、私の手を取って「逃げよう」と言った。

——え？　どこに？

——いいから、ついてきて。

差し出されたスニーカーを履き、私は大きなリュックサックを背負った明良に手を引かれて走った。雨だし、靴が大きいし、滑って何度も転びそうになったがそのたびに明良が支えてくれた。

まだ夜の八時すぎだったが終バスは既に出ていた。大通りへ出て、公衆電話からタクシーを呼び、市街地へ向かう。お金は明良が出してくれた。飲み屋が連なる通りの裏にはラブホテルが何軒かあった。迷わず明良はそのうちの一軒の自動扉の前に立ち、私を中に引き入れる。

——いいよな？

——うん。

当時はまだ未成年の飲酒や宿泊施設利用に関して寛容な時代だった。咎《とが》められることなく鍵を受け取り暖かい部屋に入ったとたん、震えが止まらなくなった。

翌日の早朝、私たちは街を出た。電車を乗り継ぎ県境を越えて、隣の県の一番大きな街に入った。この県には海がある。昼すぎに電車を降り、私たちは立ち食い蕎麦屋《そばや》で腹を満たしたあと、海に向かった。駅から歩ける距離だった。晴れた空の下で人気《ひとけ》のない海は凪《な》ぎ、秋だというのに暖かかった。

――学校に連絡しなくて平気かな？

私のそんな言葉に、明良は心底呆《あき》れた顔を見せた。前日の夜、明良は「ぜんぶ捨てよう」と私に言っていた。彼の呆れ顔を見て、「ぜんぶ」には学校も含まれるのか、と初めて気付いた。昨日の夜、震える私の背を撫《な》でながら、私が母にされていることは、医者的には虐待という行為なのだと明良は言った。しかし被虐待児として私を保護するのは難しいという。何故なら私の父親はあの地域ではとても偉い人で、迂闊《うかつ》に公にすることはできないし、絶対にその事実を認めないだろうから、だとか。だから私は、ぜんぶ捨てて逃げなければならないのだと。

何もかもよく判らなかった。虐待という言葉を初めて聞いたし、その意味も判らなかったし、叩いたりすることを母親は「しつけ」だと言っていた、それくらいの意味なら私にも判る。子供を正しい大人に育てるために必要なこと。そして父親は家にいない。東京にいる。月に一度、週末に帰ってくる。だから偉いのかどうかも判らない。

私は昨日言われたことを整理するために、海を眺めながら尋ねた。

——うちのお父さんが偉いって言ってたけど、菅原君のお父さんだって偉いでしょ？おじいちゃんだって院長なら偉いんでしょ？

——明良でいいよ。俺も明日香って呼ぶから。じいさんは偉いけど、オヤジは別に偉くない。医者になれなかった人だから。

彼の声には若干の軽蔑が含まれているように感じた。オヤジに対してだけでなく、じいさんに対しても。明良いわく、じいさんと私の父親の偉い度合いは、同じジャンルに並べることはできないが、強いて並べるとしたら私の父親のほうが若干劣るらしい。ただそれは大人の世界の話であって、私たちにはなんの関係もない。

二時間くらい海を見ていたら流石《さすが》に身体が冷えてきた。明良は公衆電話を探し、備え付けてあるタウンページを捲《めく》って宿を探した。ラブホテルでいいじゃん、と言ったら、そういうところは深夜からしか泊まれないのだという。ビジネスホテルだったら昼間でもチェックインできるから、と言って電話をかけた一発目で部屋は取れた。

小さく古いホテルの受付で従業員に不審そうな目で見られつつも、私たちは無事部屋に通され、抱き合ってまどろんだ。うとうとと目を閉じていたら明良は私の髪を撫でた。そして頬にくちづけ、ぎこちなく唇にもそれを重ねた。

——明日香、俺のこと好き？

――うん、好き。

好きにならないわけがない。この二日間で私の世界には明良しかいなかった。玄関で靴を揃えなくても、洗面台を汚しても、風呂の排水口に髪の毛を残しても、明良は私を怒らなかった。叩かなかった。ごめんなさい、という言葉を一度も口にする必要がなかった。ご飯も、少ししか食べなくて良かった。そんな世界を与えてくれた人を、好きにならないわけがなかった。

実際に私は愚かな子供だったのだと思う。何度叱られても同じあやまちを繰り返した。母に与えられた痛みは私をまったく成長させなかった。しかし二十六歳で結婚して以来、母のしつけは正しかったのだと思う。玄関では靴を揃えなさい。座るときは背筋を伸ばしなさい。箸は正しく持ちなさい。使ったものは元に戻しなさい。出されたものは残さず食べなさい。

今思えば何もかも当たり前のことで、私は今、習慣としてそれらが身に付いている。だから最終学歴が大したことない専門学校の私でも、姑《しゅうとめ》に「訳ありだが根はきちんとしたお嬢さん」として認められ、まともなサラリーマンと結婚できたのだろう。

午後の会議に間に合うようショッピングモールまで明良を送り届け、ひとりになった私は窓の外の霧雨を眺める。低い建物しかないこの地方の空はとてつもなく広く、空白のままの明良の十七年間を思う。もし彼に子供がいれば、私が既に子供を産んでいることは体型を見たら判るはずだ。でもいなければ、女の身体の差はきっと判らない。明良の配偶者はどんな人なのだろうか、と、さっきまで脚の間に入っていた彼の部分を思い出すと共に考える。もし子供が生まれていたら、どんなふうにしつけているのだろう。

十七年の、私の知らない明良。しかし彼が医者にならなかった、という事実だけは明白で、私もまた彼が生きて逃げ延びたことを嬉しく思っていた。

――俺、サッカー選手になりたかったんだ。

ふたりで逃げて三日目の夜、何も尋ねていないのに明良は言った。

――なればいいんじゃない？　まだ中学生だし、今から練習しても遅くはないでしょ？

――医者の家に生まれて、オヤジが医者になれなかった人で、俺がひとり息子だって時点で将来の選択肢なんかないよ。

身体を壊さないように、何かあったときに障害など残らないように。祖父に知られてすぐ少年サッカーは止めさせられたそうだ。これで明良がバカだったら親も早々に諦めたろうが、残念なことに彼はとても地頭の良い子だった。同時に、頭の良さを隠せない愚かな子でもあった。初めて話しかけられてから意識し始めてずっと彼を観察してきた結果判ったことだ。賢さに迷いがなく、輝く奇跡のような少年だと思っていた。私とは縁遠い存在だと。しかし、こうしてふたりで一緒に逃げて話をしてみれば、彼もまた真綿で首を絞められるような生活をしている子だった。

菅原家に生まれた心身ともに健康な男子は、家の宝だった。絵に描いたような円満な家庭は、医師免許取得までのレールから息子を脱線させないための柔らかな牢獄《ろうごく》だった。守るべき家と血というのはどれほど価値があるのだろう、と思う。

俺のこと好き？

そう尋ねた明良はあのとき確かに、私を守ろうとしてくれていた。ぎこちないくちづけから始まった愛撫《あいぶ》、裸になったあと尻を打たれる以外の行為を初めて経験した。叩くのも撫でるのも、同じく「人の手のひら」によって与えられる外的刺激なのに、こんなにも違うのかと驚いた。貫かれた痛みは、叩かれる痛みを凌駕《りょうが》していたはずなのに、溢《あふ》れた涙の種類はぜんぜん違った。

私たちの駆け落ちは、単純にお金が尽きたときに終わった。明良が親の財布から抜いてきたお金は十万円で、移動に一万円以上かかっており、ホテルにチェックインしたときに五万円くらい支払いをしている。そして命を繋《つな》ぐための食費。

――家に帰るか、ここで死ぬか、どっちか選んで、明日香。

部屋の清掃を断っていたため、汗と体液でぐちゃぐちゃになった白いシーツの上で、明良は言った。七日目の夜だった。私はその二択に答えなかった。というより答えられなかった。家に戻ればまた叩かれる。親から離れて暮らすには私たちは若すぎる。

——このまま明良とふたりで一緒にいられる方法はないの？

——ないよ。たぶん警察に届け出られてるから、外に出れば補導される、俺たち。

唇を噛《か》むことしかできなかった。ここが私たちの世界の袋小路。戻る道はあるけれど、戻りたくない。それは明良も同じことだ。明良は向かい合って座っていたベッドから降りると、ひしゃげたリュックサックの底のほうから輪ゴムで束ねた大量の薬のシートを取り出し、私のほうに投げて寄越《よこ》した。「Phenobal 30mg」とオレンジ色で印字されている銀色のシートはひんやりしていて、一瞬のあいだに心臓まで冷えた。

——なんの薬？

訊くだけ無駄だろうが一応私は尋ねた。

——てんかんの薬。致死量は5グラム。

明良は医者のような声で答えた。

——私、薬で死ぬくらいなら明良に首絞められて殺されるほうがいい。

——ずるいよ、明日香が死んで俺が生き残るんでしょ。それなら俺だって明日香に首絞められて殺されるほうがいい。

でも、もしそれでどちらかが生き残った場合、生き残ったほうは殺人者として罪に問われる。生きていたいと熱望するほどの人生ではなかった。殺人者になるほどの勇気も持ち合わせていなかった。だったら、一緒に死ぬのが一番正しいのかもしれない、と思った。

――ねえ、もう一度最後に、セックスしよう。

私の願いに明良はくちづけで応える。ベッドの上に座ったまま何度も唇を重ね、舌を絡めているうちに、死ぬ前に私の身体が明良のものだったという刻印がほしいと思った。見えるところに何か明良のしるしを。

――ねえ明良、どこか噛み千切って。腕でも首でも、柔らかいところでいいから。

――それは、外傷が残るからダメだよ、見つかったとき事件になる。

――だって、しるしがほしい。

困った顔で明良は宥《なだ》めるように私の頭を撫でたあと、ふと私の手を取って人差し指にくちづけた。一週間以上切っていないので爪がだいぶ伸びていた。指先を舌で舐《な》め、明良は言う。

喉の奥なら、傷ついてもばれない。

そして摑《つか》んだ手に力を籠め、その指を一気に自らの口腔《こうこう》の奥まで突っ込ませた。爪の先が何かを抉《えぐ》る感触があり、明良は痛そうな顔をしたあと、私の指の付け根を噛み締めて涙を溢れさせた。

——痛かったの？

——ごめん、助けてあげられなくて。

——何言ってるの、助けられてるよ、今。

引き抜いた指を、自分の口に含む。明良の唾液はくらくらするほど甘くて、それをもっと味わいたくて私は再び明良にくちづけ、嗚咽《おえつ》を漏らす唇の中を舌でさぐった。柔らかく温かな舌は彼がしゃくりあげる度に震え、私が嚥下《えんげ》しきれない唾液は糸を引いてシーツの上に落ちる。彼の舌に喉を塞がれて窒息できればいいのに。海に溺れるみたいにして。

やがて明良は私を組み敷き、口の中に指を突っ込んだ。あまり爪の伸びない体質なのか、もともと深爪なのか、丸い指先は私のどこも抉り取ることなく、ただ口腔を犯す。その指は唾液でべたべたになったまま、私の脚の間に押し入れられた。今までにないくらいの強い力で中を引っかかれ、鋭い痛みに私が悲鳴をあげると、明良は指を引き抜いた。そしてすぐ指でないものが身体を貫く。痛みに、私は彼の腕に爪を立てる。

——痛い？

——ううん、もっと痛くして。死んじゃうくらい痛くして。

けれど痛みはすぐに快楽へと変わってしまう。僅かな擦過傷もできないくらいどろどろに溢れた私の身体の穴は明良を留《とど》めようと収縮しても、甘い痺れを増して求めるばかりだ。

彼が私の中に刻んだしるしはきっと誰にも見つからないし、もし死んだあと誰にも見つけられないままでいたら、そのしるしから腐敗していくのだろうな、と、短い声を何度もあげながら思った。私に新しい世界を与えてくれた、大好きな明良。私が彼の喉の奥に刻んだ傷。彼が私の穴の中に残した傷。お互いにそのしるしから死んでゆければ良かったのに。


おやすみ、の四文字のメールを受け取り、同じ文字を返信し、携帯電話の電源を落とす。今日は夫が娘を風呂に入れてくれている。パンダの歌を歌ってはしゃぐ娘の声が聞こえてきて、そのうちあの娘も死にたいと望む日を迎えるのだろうか、と玄関先で新聞紙をまとめながら考える。

私は今、余生を暮らしている。十七年前のあの日、私と明良はあの小さくて古いホテルの部屋で一度死んだ。チェックアウトの時間をすぎても出てこない、内線電話にも出ない私たちを訝《いぶか》しんだ従業員が警察を呼び、部屋に入ってきたのだった。昏睡《こんすい》状態の全裸の中学生ふたりはすぐに病院に運ばれ、胃洗浄を施され、蘇生《そせい》させられた。そして当然ながら保護者が呼ばれた。保護してくれない人でも保護者と呼ぶのだな、と、意識を取り戻してから思った。明良はもう親が連れて帰ったあとで、私の隣にはいなかった。

私と母親は元いた町に住めなくなった。私は菅原病院の息子をたぶらかした悪女になっていて、私の母は正妻ではなく愛人だった。退院後に人の噂《うわさ》でこの事実を知ったとき、なんとなくすべてに合点がいったのを憶えている。

東京に越したあと、比較的すぐ私は児童養護施設に保護された。父が母に与えた家は都心のマンションで、ドアの外で誰かが泣き叫んでいたらすぐに通報される環境だった。そこでは父親が誰であろうと関係なかった。

命を懸けて逃げなくても、こんな簡単に逃げられたのだ。明良は私のために人生を棒に振る必要などなかったのだ。愚かで憐《あわ》れな大好きな人があのあとどうなったのか知る術《すべ》はなかった。ショッピングモールで再会するまでは。

「ねえ、ビールの買い置きってもうなかったっけ？」

風呂からあがってきた夫が冷蔵庫を覗《のぞ》き込み、のんびりした声で尋ねる。

「あるよ。野菜室のほうに入れてある」

パンツ一枚で走り回る娘を捕まえ、バスタオルで頭をごしごしと拭く。顔を摑んでこちらを向かせてもバカのように笑うだけで、瞳の奥には一切の怯えも戸惑いも見えない。

いつか気付くのだろうか。もしくは誰かに教えられるのだろうか。おまえが母親から受けている行為はしつけではなく虐待だと。そして誰かにそそのかされてどこかに逃げ、他人から与えられる愛を知る日が来るのだろうか。

彼女を連れ出してくれる誰かが現れることを望む一方で、このまま手の中で育てたいとも願う。世間一般という層が自分以外の誰かに貼り付けるラベルが正しく、そのラベルどおり私がもし不幸な子供だったのだとしたら、娘も同じく幸せにしてあげられないことは判っているのに。

あの日、病院で目覚めたとき、母は私を叩かなかった。怒りに満ちた目で忌々《いまいま》しそうに見おろすだけだった。幼い子供を育てていると、親の愛という言葉をよく見たり聞いたりする。それがなんなのか私にはまったく判らない。子供を妊娠したとき、私は夫にその事実を正直に伝えた。生まれたらきっと芽生えるものだから産んでくれと言われたので、産んだ。やっぱり判らなかった。

もしこの子が明良の子だったら、と考えても、結果は同じだったと思う。私が愛しているのは明良だけで、彼はもう十七年前に死んだ人だ。少なくとも引き離されて会えなくなったとき、彼は死んだと思うことにした。そうしないと耐えられなかった。十年かけて完全に明良を殺し、結婚し、子供を産んで、普通の家庭を築いた。母親に叩かれていたことを忘れ、自分が娘を叩く母親になっていた。

良かった、生きてて。

再会したときに明良が発した言葉は、私たちの十七年を埋めるに充分だった。身体的にひとつになることはこれから先もたびたびあるだろう。しかし法的にひとつになる日は永遠にこない。それはふたりとも知っている。何故なら私たちは、どれだけ求め合っても、どれだけ愛していても、お互いが生身の亡霊だから。すべてを捨ててふたりで再び逃げても、また袋小路に追い込まれ、死を選ぶしかないのは判っている。

「そろそろ夏休みの予定立てないとね」

娘が寝付いたあと、夫は食卓でタブレットを繰りながら言った。

「どこに行きたい？」

「あなたの実家」

「ねえ、いつもそう言うけど、別に良い嫁演じなくてもいいんだよ？」

「うん。でも行きたいの。あなたの実家好きなの」

私の言葉に夫は嬉しそうに笑う。私もその顔を見て嬉しくなる。私が暮らしているのは余生だけど、もしかして既に余生は通り越して、ここは天国なのかもしれない、と思った。たとえその天国が、罪なき娘の地獄の上に成り立っているものだとしても。

肌
きらい
蕾

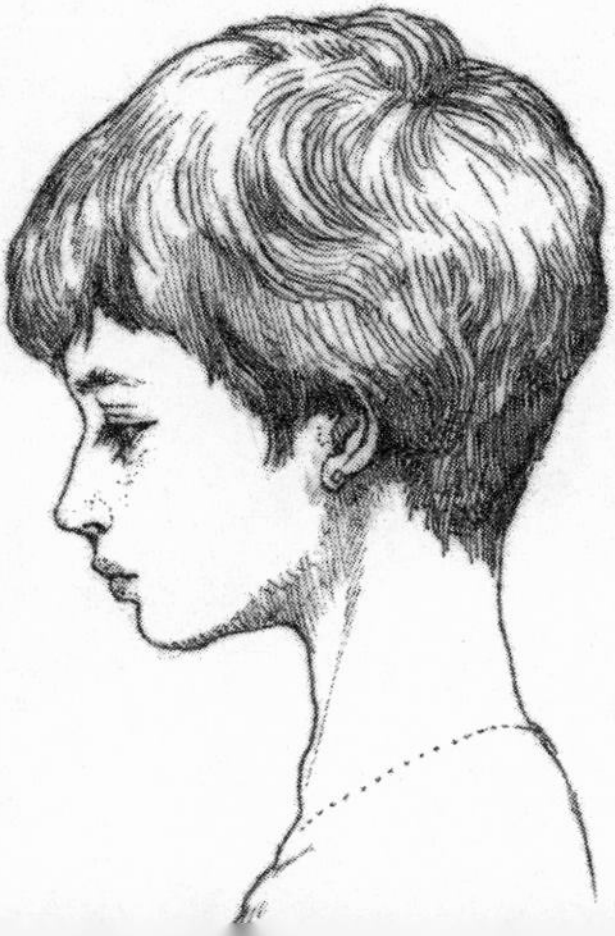

食材を適切に調理し、食せる状態にする行為を世間では料理と呼ぶ。十代のころ、料理ができるのは「すごいこと」だった。家庭科の調理実習で、料理ができる女子はちょっとした物語の主人公で、彼女たちもヒロインの自覚があるのか、少しだけ小鼻が膨らんでいたように思う。

二十代になると女にとって料理はできて当たり前のものに変わる。数年のうちに何が起きたのだ、と驚いたのを憶《おぼ》えている。できて当たり前の料理の中にも優劣があり、女同士の中での「優」は、どれだけ凝ったものが作れるかとか、どれだけたくさんの食材を使用しているかとか、化学調味料を使わないで料理ができるか、とかだ。しかし対男の「優」は、極少数の例外を除き、肉が入っていること、味が判《わか》りやすいこと、ご飯が進むこと、になる。対男の「優」な料理は、女同士では蔑まれ、女同士の「優」な料理は、どれだけすごいものを作っても男は五分で胃に納めるため、なんだか虚《むな》しくなる。解の用意された数学を除いて、世の中のあらゆる事象において明白な正解などない。

「あ、それ」

「え？　何」

「……なんでもない」

享一《きょういち》の小鉢が七味唐辛子で赤く染まっていくさまは、真っ白い新雪が泥だらけの靴で踏み荒らされているかのように思えた。塩分の少ない梅干と新じゃがと厚揚げを、鰹《かつお》と昆布の出汁《だし》で煮たもの。厚揚げから出た油がぽつぽつと浮く煮汁は綺麗《きれい》に透き通っていた。表面が真っ赤になった享一の小鉢は、自分の前にあるものと同じ料理とは思えない。

「喜紗子《きさこ》もかければ？　かけたほうが美味《おい》しいよ？」

作ったのは私だし、私はこれでじゅうぶん美味しい。思ったが喜紗子は口には出さず、大丈夫、とだけ笑って答えた。享一はその日、鮭《さけ》のマリネにはマヨネーズをかけ、おひたしには粉末の化学調味料をふりかけ、お吸い物には塩を入れた。味オンチなわけじゃない。外食したときは何も加えずに食す。

喜紗子は自分の料理に、七味もマヨネーズも粉末の化学調味料も使わないため、それらのものは享一が自分で買ってくる。七味はだいたい一瓶を四日で、マヨネーズは二週間で使い切る。いっそぜんぶ捨ててしまいたいと思うものの、彼が自分の小遣いからそれらを買ってきていることを考えると、捨てられなかった。

「健康診断、大丈夫だったんだっけ？」

「うん、まったく異常なかった。会社に置いてあるから明日持って帰ってくるわ」

油を摂《と》りすぎたら肥満になる、塩を摂りすぎたら血圧があがる。けれど彼の身体《からだ》は太ってもいないし不健康でもないし、顔にも頭にもぜんぜん脂っけがなくサラッとしている。ほら、正解なんていつだって不正解だ。

できて当たり前のもので商売が成り立つのだから、意外とそれは建前で、できない人のほうが多いのかもしれない。

「麻生《あそう》君、まかないできたよ」

カウンターの中から喜紗子は客席の整頓を行っている麻生に声をかける。

「あざーっす」

カトラリースタンドの中に立てかけたフォークを整えてから彼は嬉《うれ》しそうにこちらへやってきた。バリスタの資格を持つフリーターの彼はこの、オーガニックを売りにするカフェにほぼ毎日フルでアルバイトに入っている。「食生活がヤバい」ため、働く先はちゃんとしたまかないの付く飲食業にしぼっているのだという。入れ違いに休憩室から、学生バイトの高田《たかだ》がサロンを腰に巻きながら出てくる。

「あ、いいなあ。美味《うま》そう」

高田が、麻生の手にした鶏そぼろとアボカドの丼を見て言った。

「俺、喜紗子さんのまかないほとんど食ったことないんですよね」

「高田君は遅番だからでしょ。早番の日だったらほとんど私が作ってるのに」

「授業ありますもん」

入り作業のトイレチェックを済ませ、戻ってきた高田は入り口近くの棚に積まれた色とりどりのフライヤーの束が乱れているのを見つけ、整えたついでに期限の切れているものをまとめて持ってきて、燃えるゴミの袋に捨てた。

「あ、だめ、それは資源ゴミ」

「バレたか」

その指摘に舌を出して高田は紙の束を取り出すと、バックヤードの段ボール置き場まで持っていった。

武蔵野《むさしの》の繁華街に建つ雑居ビルの三階にある店舗はランチタイムをすぎ、客入りの少ないアイドルタイムに入っていた。これが休日なら大賑《おおにぎ》わいなのだろうが、喜紗子は平日のみのパート勤務だ。あと二時間もすれば夕飯を食べに来る客で店は再び賑わう。ランチが終わったあとの喜紗子の仕事は主に、ディナータイムのための食材の仕込みだった。

席数五十の、ミッドセンチュリーなインテリアで統一された、エレベーターすら存在しない古い雑居ビルという立地さえオシャレに見せる「隠れ家」カフェ。ネルソンのウォールクロックが時を刻む中、客はカリモクのソファに身を沈め、ポールセンの照明の下、アラビアやポルスポッテンのプレートとチッテリオのカトラリー、ミネラルウォーターで満たされたカルティオのタンブラーを前に思い思いの時間を過ごす。アルバイトの若い男女は、今の若い子らしく人と距離をおく。出店したときから働いている喜紗子にとっては働きやすい環境だった。フロアプランニングには喜紗子も参加しているため、キッチンもおそらく他の同業店に比べて広々としていて快適だ。

塩コショウで下味を付けた白身魚に、白胡麻《しろごま》の衣をまぶしバットに並べ、大きな冷蔵庫の中に入れる。揚げればグリーンカレーの具になり、じゃりじゃりした歯ごたえが人気のメニューだ。えんどう豆と花豆を剝《む》いて塩茹《しおゆ》でする。鮮やかに色付くこれはスープに。

「喜紗子さんって、料理の専門かどっか出てるんですか？」

カウンターの向こうから高田が声をかけてくる。

「ううん。普通の大学よ。料理は小さいときからやってたから」

「料理、好きだったんすか？」

「別に」

昔は好きだった。何故《なぜ》なら自分が作った料理を、親は褒めてくれた。けれど今は好きじゃない。

「好きじゃなくても仕事にできるんだからすごいっすよね。旦那さん幸せっすね」

「そうかなあ、女の価値って別に料理だけじゃないからね。男の人が幸せって感じるのって、もっと別のことなんじゃないかな」

昨晩の食卓を思い出しながら喜紗子が何気なく発した言葉に、高田は何を勘違いしたのか、そういう意味じゃないっす、と口籠もった。そういう意味ってなんだろう、と思った一瞬あとに喜紗子も気付き、やだもう若者は、と小さく言って笑う。

ディナー帯用の食材の仕込みをすべて終えて、午後五時にあがり作業のカウンター清掃をしてからタイムカードを押した。控え室で着替えたあと従業員用の連絡ノートに目を通す。主に業務上気付いた改善点などを共有するためのノートなのだが、チラシの裏にでも書いておけよと思うような独り言や、やたらと凝った鉛筆画、ときどき創作の短歌やポエムなども書かれていて、アルバイトの若い子たちのリアルな青春を垣間見《かいまみ》られて面白い。

喜紗子は高田の署名のある書き込みを無意識に探した。署名がなくても既に字の癖で彼の書き込みは判る。手蹟《しゆせき》として珍しい、右下がりの角張った文字は、四日前の書き込みから更新されていなかった。代わりに、一番新しい書き込みは、「スノボ旅行のお知らせ」だった。参加志望者は名前を書いてね、という趣旨のお知らせで、主催者の麻生を始め、四人分の名前があったが高田の名前はない。あれだけ距離を計って接している若者たちが、一緒に旅行をするのか、と少し意外な気持ちでノートを閉じ、コートと鞄《かばん》を手にして立ちあがり部屋を出る。

「おつかれっしたー」

麻生の元気の良い声が飛んできて、喜紗子も、お疲れさま、と笑顔を返し店を出た。ビルの裏の自転車置き場に着いたとたん、頰や目の上の皮膚がどっと重力に負ける。今日も一日「良いおばさん」を演じ切った。あとは家に帰って数時間「良い妻」を演じ切れば、寝られる。


高校生のころに大型スーパーのフードコートでアルバイトをしていた喜紗子は、若いフリーターや学生バイトと、パート主婦のあいだには決して越えられない高くて厚い壁が聳《そび》えていることを知っている。あのころ「パートのおばさん」とひとまとめにしていた彼女たちのほうが、今の自分は歳《とし》が近い。

おそらく自分の母が娘時代を過ごしていた時代よりも、今の女は女でいる時間が長くなっている。三十四歳の自分が「おばさん」だとは未《いま》だに思えないでいるものの、若者たちと一緒に働く場では、おばさんの役割を演じなければならないことは判っていた。それくらいには大人になった。

九年前に結婚して、今ごろは小学生の母親になっているはずだった喜紗子は、未だに子供を産んでいない。二年前に受けた婦人科の検査では喜紗子に問題はなかった。本当にほしいなら旦那さんも検査をしたほうがいい、それもできるだけ早いほうがいい、と言われたが、伝えられなかった。十歳年上の夫は当時既に四十二歳で、今から子供を産んでも成人まで金銭的に支えてあげられるか判らないし、いつ出向になるかも判らない。しかし自分の家庭が何かに欠けているとも思わなかった。子供がいなくても夫婦の仲は別に荒《すさ》んでいないし、かといって頻繁にセックスをしているわけでもなく、家事仕事を一手に引き受けている以外は大学生のルームシェアみたいな暮らしをずっとつづけている。

あの店で働き始めた新人の若者は、喜紗子と少し話をしたあと、喜紗子が既婚者であることに驚く。これは同じ場所で働く子たちだけでなく、たとえば服を買いに行ったときや、どこかの展示場に行ったとき。商品を勧められ、断るにしろ購入するにしろ「夫に訊《き》いてみないと」と答えると相手には少なからず意外そうな顔をされる。麻生の言葉を借りれば「生活臭がしない」のだそうだ。オシャレな生活をしてそうですね、みたいなことも言われるが、特にオシャレではない。通勤に使っている古い自転車は学生時代から数えて十五年乗っている。あと、服や本などの持ち物は少ないが台所用品だけは異様に多い。

人の生活は突き詰めるとすべてが食に集約される、と喜紗子は思っていた。食さえ上質であれば生活の質もあがると。食だけではなく、目で見るもの、耳で聴くものなど、物質的要素以外で体内に入る文化の類《たぐい》も人生には不可欠だが、食に勝るものはない。これは不衛生なフードコートでアルバイトをした時代に身にしみていた。フライヤーの真っ黒な油に、衛生観念のないスタッフ。客の目から見えていなければ、油まみれの床に落とした食材でも平気で使った。工場から冷凍で配送されてくる肉のパテや魚フライは、どこで獲《と》れた、なんの肉および魚なのかも判らなかったし、野菜は素手で摑《つか》むと残留農薬で指がべたべたになった。養豚場の豚でさえもっとマシなものを食べているだろうと思った。

喜紗子が高校卒業まで過ごした土地には、その大型スーパーか力仕事メインのホームセンターか客層の悪いカラオケ屋くらいしか働き口がなかった。高校の二年間は働いたものの、大学進学と同時に喜紗子は東京に出た。毎日自分で弁当を作り、青春の熱に浮かされた友人たちが学食のゴムみたいなラーメンや粘土みたいな餃子《ギョーザ》を食べながら発情期のサルのように騒いでいる横で、ランチボックスを広げた。喜紗子が意図せずとも、男子は本能的に料理に釣られるものなので、大学在学中の四年間、男が途切れることはなかった。女友達はいなくなった。いる必要もなかった。

社会に出て広告代理店にプロモーターとして就職したあとは、何食か抜いても死なないことと、不健康な食生活をしても三日くらいなら身体は持ちこたえることを否応《いやおう》なしに学んだが、それでも可能な日は必ず、産地の確かな安全な食材を使用して料理を作った。今働いているオーガニックカフェは、代理店時代に知り合ったフードコーディネーターから六年前に紹介された店である。今でこそ都内に四店舗、姉妹店がオープンしているが、一号店はこの武蔵野で、喜紗子はメニューのプランニングから携わっており、本当は社員として迎えられる予定だった。子供ができるかもしれないし転勤もあるかもしれないから、と断った結果、パート勤務で今に至る。

子供はいないし、転勤もない。このままひたすら誰かのために料理を作りつづけて人生が終わるのかな、と、三日間煮込んだ牛骨の鍋をかき回して思う。今ここで菜箸に当たる硬い骨もかつては肉と意思を纏《まと》い、生きていた。

十一時すぎに帰宅した享一は、ビーフシチューにウスターソースをかけて食べた。経験はないが、強姦《ごうかん》されている気持ちになる。嫌悪感が快楽に変わることなんて、あるんだろうか。

辛いものだけを食べつづけると味蕾《みらい》が死ぬ。しかし薄味のものを食べつづければ蘇《よみがえ》る。人の身体は循環し回復するものだ。それを判っているから喜紗子だって辛いものや油ものを食べることはある。ただしそれは罪以外の何物でもない。

カフェの営業は午前十一時からだが、ランチの仕込みがあるため、喜紗子の出勤は十時である。今日のランチはイエローカレーと、日本の農場で大切に飼育されたハーブ鶏のみぞれ煮。カレーを煮込んでいる最中に、鰹とあごで出汁を取り、大根をフープロにかけ、鶏肉に下味を付けて片栗粉《かたくりこ》をまぶす。準備の終わった鶏肉をバットに並べて冷蔵庫に入れ、付け合せの野菜を下ごしらえする。和定食に添える漬物は喜紗子が家から持ってきた糠床《ぬかどこ》で漬けているものだ。

十時半になると他の従業員たちも出勤してくる。平日ランチのキッチンにはあとひとり、料理学校を卒業したばかりの女の子がいる。今はまだ試用期間で、モニコトや花とギターの服が違和感なく似合う、いずれ正社員登用される予定の賢い子なのだが、気が強いのと、いちいち喜紗子に対抗心を燃やすところが厄介だ。学校で習ったことと違う、と言われると、喜紗子はどう返せばいいのか判らない。喜紗子さんみたいなタイプが本当は女の敵なんですよねー、と言われても、困るしかない。喜紗子の髪の毛は短い。化粧もほとんどしていない。服だってオーガニックコットンで作られたシンプルな一点ものばかりだし、着けているアクセサリーは結婚指輪と小さなシルバーのピアスだけだ。これで女の敵などと言われても困る。

「喜紗子さん今日のまかない何ー？」

オープンの準備を終えた麻生がカウンター越しに声をかけてくる。オープン前からもう飯の話かよ、と喜紗子は呆《あき》れながら答える。

「今日は佳世《かよ》ちゃんが作る日」

「えっ？」

麻生ではなく、隣でレモンをスライスしていた佳世本人が目を丸くしてこちらを見た。

「何驚いてるの。言ったでしょ、先週。来週から一日交代にしましょうね、って」

「え、でも私、喜紗子さんみたいに手際よくないし、ここの調理場って学校で習ったことと違って」

「だから何？　自分はいずれ本社で広報の仕事をする人材だから現場の仕事なんて憶えなくていい、とでも思ってる？」

「そんなふうに思ってないし……なんでパートの人にそんなこと言われなきゃいけないんですか」

喜紗子の言葉に佳世は低い声で反論した。私が一番長くて、実質的に私がこの店を守ってきたんだけど、とは言わなかった。配属させるとき誰も何も伝えなかったのかよ、とは思った。

場の雰囲気を悪くした自覚はあるものの、謝る筋合いはない。店はそのままオープン時間を迎え、十分後にふたり連れの客がやってきたあとはいつものように客席の九割が埋まり、十二時のランチタイムにはウェイトが何組かあった。ここで使っている食器は皿一枚、グラスひとつ、すべてがランチメニューより高価で、取り寄せにも時間が掛かる。客が割った場合は弁償させないが、従業員が割った場合は給料から天引きになる。そんな中で佳世は今日、一時間で二枚の皿を割った。イライラした。あとから「喜紗子さんのせい」とか言われるんだろうな、と思いながらも無言で調理をつづけ、十四時半をすぎてやっと一息つく。

佳世は不貞腐《ふてくさ》れつつもスタッフのまかないを作っていた。背中を合わせてケーキのデコレーションをしていたら、電話が鳴った。ホールのスタッフが全員接客中、そしてカウンターの一番近くにいたのが喜紗子なので、必然的に電話を取ることになる。

「お待たせいたしました、丸岡《まるおか》第一カフェです」

「バイトの高田です」

その声に喜紗子は少しだけ体内を巡る血の温度があがるのを感じた。

「どうしたの？」

「あ、喜紗子さん。すみません、ちょっと今日お休みさせてください」

低く、覇気のない声は今まで聞いたこともなく、喜紗子は今一度「どうしたの？」と問うた。そして電話横に吊り下げられているシフト表を確認した。ホールスタッフの出はふたりだった。平日だから最悪、それでも回せるだろう。

「体調崩した？」

「そんなとこです、すみません。場合によっては一週間くらい休まなきゃいけなくなるかもしれないんで、麻生さんに伝えといてもらえますか？」

「そんなに重いの？　大丈夫？」

大丈夫だ、とは言わなかった。高田は「すみません」とだけ言って電話を切った。受話器を戻し、伝票を取りに来た麻生に声をかける。

「高田君、今日休みたいって。あと一週間くらい休むかもしれないって」

「マジっすか」

麻生は先ほどの喜紗子と同じくシフト表を確認し、「今日は大丈夫です」と言った。

「ただ、明日以降がなー。インフルっすかね」

「ああ、この時期多いけど」

しかし風邪気味の声ではなかった。ただただ覇気がなかった。

「なんかちょっと不思議なヤツだったし、心配しなくて大丈夫すよ」

客の会計を終えた麻生は喜紗子の表情を読んだのか、カウンター越しに言った。

「不思議って？　そうなの？　普通の子に見えるけど」

「だってあいつ、現役T大生なんですよ。なのにカテキョやんないでこんな時給の低いシケた店で働いてるんですよ。不思議でしょ？」

「うち、飲食店では結構お時給良いほうだと思うんだけど？　それにバイトしたいって子も多いんだけど？　麻生君がひどいこと言ってたって美奈《みな》ちゃんに言いつけるよ？」

「いや、ごめんなさい、嘘《うそ》です、やめて」

「美奈ちゃんって誰ですか？」

気付けばうしろで、まかないの丼をふたつ手にした佳世が立っていた。

「麻生君の彼女？」

「いや、この店のオーナーの丸岡美奈さん。佳世ちゃん、正社員採用だよね？　面接んとき会わなかった？」

「……あっ」

「で、喜紗子さんは美奈さんの友達」

「友達じゃない。代理店時代に美奈ちゃんが私のクライアントだっただけ。ねえ、それ明日のランチ用の食材よね？　足りなくならない？」

後半は佳世に向けた発言だ。丼の上にたっぷりと載っている三つ葉、まかないにこんなものを載せる必要はない。佳世の、隙間なく黒いラインを引いた目の下で頬が赤く染まる。

「……すみません」

「あとで追加発注しておいてね」

ランチは三時半ラストオーダーで、もうみぞれ煮は売り切れているため、選択肢はカレーとレギュラーメニューのパスタだけだ。ディナーの仕込みのために冷蔵庫を開き、野菜や肉を切り分けている最中も、高田の低い声が耳から離れなかった。

禁忌《きんき》を犯している気持ちはあった。なぜ自分が今ここにいるのかもよく判らない。が、喜紗子は現に「高田」の表札の貼られた扉の前に立っていた。帰り際、それとなく麻生に聞き出し、高田の住所を突き止めた。これが普通のアパートなんかだったら、たぶん辿《たど》り着けていなかったし、探すのも諦めていたと思う。しかし高田は大きな都道沿いの、歩いたり走ったりしていれば必ず目に入る「T大の学生寮」という非常に判りやすいところに住んでいた。喜紗子の家とは駅を挟んで反対だが、気合いと体力さえあれば自転車で来られない距離ではなかった。

警備は非常にゆるく、難なく建物の中に入ることができた。学生寮、というなんだか楽しそうな響きからは程遠い、殺風景な灰色の壁や重そうな金属のドアや薄汚れた天井は、古い公団のそれに似てるな、と思った。人気《ひとけ》もない。こんな寒々としたところでこの国の明日を担う頭脳を擁する若者たちが大勢暮らしているのか、と考えると案外日本は貧しい国なのかもしれない。

十秒くらい迷ったあと、喜紗子はドアホンを押した。ドアが開くまでの十五秒くらいがひどく長く感じた。そして開いた隙間から覗《のぞ》いた人の顔を見て喜紗子は息を呑《の》んだ。

「喜紗子さん、なんで」

「高田君、どうしたのその顔」

互いの発した言葉が交差する。高田の顔は腫れあがっていた。おたふくとかそういう

すらと青い。病気の類ではなく、明らかに外的な攻撃を受けた結果の腫れ方だった。目の周りがうっ

「……病気だったら早く治ってくれないとお店が大変だから、と思ってご飯を作ろうと思ってたんだけど、病気じゃないね、それ」

「もしこれが単なるサボりだったらめっちゃ叱られるパターンですね。っていうかどうしてここが判ったんですか？」

「麻生君に訊いた。部屋の番号は警備の人が教えてくれた」

高田は腫れあがった顔を痛そうに歪《ゆが》めながら、「すげえ汚いんですけど」と言って喜紗子を中に入れた。部屋は本当に汚かった。机の上にはパソコンと、教科書やノートが雑然と散らばり、病院のようなリノリウムの床には、脱ぎっぱなしの洋服や中途半端に中身の残ったペットボトルやコンビニ弁当のゴミが散乱している。喜紗子に椅子を勧めたあと高田はベッドに向かい、抜け出たままの形を保っていた毛布の中に再び潜った。

「すみません、ホールに自販機あるんで、なんか飲むんだったらそっちで買ってください」

「私、そういうの飲まないから。ご飯は？　食べれる？」

「食いたいっす、すみません。でも冷蔵庫空っぽです」

「そうだろうと思ってぜんぶ買ってきたよ」

狭いキッチンにはガスコンロが一口あるだけだ。あとは温め機能しかない安い電子レンジ。流し台には洗ってない食器が積みあがり、ところどころ黴《かび》ていた。コンロ周りや電子レンジの中の汚れ具合からして、たまに自炊はしていたのだろう。で、綺麗な食器が尽きてコンビニ弁当に移行したのだろう。

洗剤とスポンジはあったので、流しの中のゴミみたいな食器をまず洗い、フライパンや鍋や菜箸を発掘し、鍋で米を炊いている最中に電子レンジで豚バラと根菜の煮びたしと小松菜と油揚げの胡麻豆腐和《ごまどうふあ》えを作った。調味料も存在しないだろうな、と思って買ってきていたものの、醤油《しょうゆ》と酒とみりん、という基本の調味料は存在していた。

一時間ほどですべてを終え、皿に盛り付けて部屋に運んだ。寝ていた高田が起きてきて、再び「すみません」と言いながらベッドサイドから折りたたみ式の机を出し、そこに置いてくれるよう促した。

「うまそう」

腫れているため表情が読めなくて残念だが、たぶん嬉しそうな顔をしていると思う。皿を置き、喜紗子は鞄の中からドラッグストアの袋を取り出した。

「一応、風邪薬と解熱剤を買ってきたんだけど、ご飯食べたら解熱剤だけ飲みなね。消炎作用と鎮痛作用もあるから。あとどこか骨が痛かったらちゃんと外科に行きなね」

「あ、俺、保険証ないんです」

「いや、あるんですけど、人に貸してて。でもたぶん身体は大丈夫だと」

異星人を見たような顔をしていたのだろう、喜紗子を目だけで見あげるとまた高田は
「すみません」と言った。

どんな事情があるにしろ、保険証を人に貸す、もしくは貸してもらう、という考えに至ったことがなかった。ここにいてはいけない、この人を深く知ってはいけない、おまえとは住む場所の違う人間だ、と頭の片隅で警鐘が鳴る。帰ろうかな、とも思ったが、結局喜紗子は皿が空になるまで見守った。口の中が切れているのか、時おり痛そうな顔を見せながらも高田は完食し、ありがとうございました、と頭を下げた。

「旦那さん幸せですよね、毎日こういうちゃんとした料理食えるんでしょ」

「それ、こないだも言ってたけど、男の人にとっては料理なんてたいして重要じゃないと思うよ。東京に住んでたら近くにコンビニもファミレスもあるんだし」

普段ならただ黙って笑って受け流しているであろう問いかけに、二度も反論してしまった。その行為に我ながら腹が立った。高田は何も言わず、皿を下げるために立ちあがる。喜紗子はそれを制し、皿を持ってキッチンへ向かった。食材が、僅かに余った。

「余った食材、冷蔵庫に入れておくよ」

「あ、だめ、開けないで！」

予想もしていなかった大声に喜紗子はびくりと身体を震わせ、取っ手にかけていた指先を丸めた。高田が慌ててやってきて喜紗子の肩を摑み、古い小型冷蔵庫から引き剝がす。

「汚いんで、見られたくないです」

「そっか……でも氷は作っておいたほうがいいよ。顔冷やさないと、男前が台無し」

「何があったかって、訊かないんですね、喜紗子さん」

肩から手が離れる。名残惜《なごりお》しいという気持ちを勘付かれないよう、喜紗子は慎重に言葉を選んだ。

「まあ、若者だし、いろいろあるだろうし、話したければ話すでしょ？　私は早く治して店に戻ってほしいだけ」

意外と背が高いな、と目の前の男を見て思う。手も大きい。

「……明日も来てほしい？」

関わってはいけないと警鐘は鳴りつづけているのに、聞こえぬふりをして喜紗子は尋ねた。しばらくの沈黙ののち、はい、と高田は答えた。

家に帰って食事の用意をしていたら享一から電話が入り、夕飯はいらないと言われた。二時間後、彼のSNSのページに「先週オープン、○○屋の油そば。美味」という短文と写真がアップされる。マヨネーズと大量のきざみにんにくの主張が激しいトッピングと、ラー油で赤く光るやたらと鮮明なチャーシューの画像を見ただけで吐き気がした。スマホの画面を落とし、喜紗子はひとりで鶏だんご汁と五穀米の炊き込みご飯を胃に納める。家の掃除をし、ひとりで風呂に入り、ひとりで床についたあと、享一が帰ってきた。ベッドは別だけど、にんにくと酒のにおいにうなされて、風呂で溺れる悪夢を見た。

翌日も高田は出勤して来ず、喜紗子は勤務を終えたあと古い自転車でT大学生寮に向かった。オーナーの友達、という言葉が効いたのか、佳世の態度が一変していたので、その発言をした麻生にはいつもより愛想良く接しておいた。

佳世にいつか言われた、女の敵、という言葉について、自転車を漕《こ》いでいるあいだ、ぼんやりと考えた。女には女の味方と女の敵がいる。自然に生きていて女の敵だと認定されるのならば仕方ない、と喜紗子は中学生くらいのころから割り切っていた。ギャルが天下統一を果たし、ギャル幕府が世を統《す》べていた時代。なんであんな地味な女が○○君の彼女なの、と、高校時代も大学時代も喜紗子は表立って陰口を叩かれた。○○君の需要が、あなたじゃなくて私にあっただけだ。男が心から慈しみたいと思う女は、自分の心も身体も丁寧に世話や手入れをしている女だ。外見は良くとも、穴さえあればいいみたいな考えの男はそもそも喜紗子の眼中にはなかったし、相手も喜紗子に興味を持たなかった。需要と供給の幸せな一致である。

高田はどんな感じなのかな、と思う。まだ若く綺麗な男の子で、結婚して以来初めて、なんとなく好意を抱いた。部屋や冷蔵庫が汚い、しかも保険証を他人に貸すような人だったのは想定外だが、久しぶりに「パートのおばさん」の仮面を脱いで接したいと願った。微《かす》かに足取りの軽くなる高揚を自意識で抑え込み、喜紗子はドアホンを鳴らす。迎え入れられた部屋は昨日よりは綺麗になっていた。そして顔からは腫れが引き、痣《あざ》と唇の端の切れた痕だけが痛々しかった。

食べている姿を、昨日よりじっくり観察した。箸の持ち方は正しい。しかし姿勢が悪い。あと、食べる前に「いただきます」を言わない。食べ終わったあとに「ごちそうさま」を言わない。

「ありがとうございました」

箸を置き、高田は言った。家庭によっては教育しないのかもしれない。と喜紗子は「どういたしまして」と答え、皿を下げた。ワンプレートにしたので、洗い物はお椀《わん》とお皿一枚だけだ。洗った皿を水切りカゴに入れて、持参したタオルハンカチで手を拭いてから部屋に戻った。

「その感じだと、明後日《あさって》くらいには戻ってこられるかもね。若いとやっぱり治りが早いんだね」

「だといいんですけど」

会話のあいだに生まれた沈黙は、喜紗子が壊さなくてもたいてい相手が壊す。

「……やっぱり訊かないんですね、何があったのかって」

「うん」

喜紗子は持参した水筒からプーアル茶をカップに注ぎ、一口飲む。興味はあったが、聞いて幻滅するのも、これ以上高田に興味を持つのもイヤだった。話したい人なら話す。

「あんたたちは、いつもそうだ」

しかし高田の発した言葉は意味不明で、喜紗子の予想には掠《かす》ってもいなかった。あんた、という言葉が喜紗子を指すとも最初は気付かなかった。

「見ないふり、知らないふり、自分には関係ありませんって涼しい顔して臭いものには蓋をするんだ、みんな、あんたみたいなお育ちの良さそうな日本人は」

穏やかな声は後半になるにつれ怒りを帯びていった。喜紗子の中に鳴る警鐘は割れんばかりに響き、初めて高田を「怖い」と思った。その恐怖を誤魔化すために喜紗子は曖昧な作り笑顔を浮かべて立ちあがろうとしたが、上から肩を押さえ込まれた。

「あんたに、俺の気持ちが判るか？」

「………」

まったく判らなかったので答えなかったら、高田はポケットから何かを取り出して喜紗子の目の前に突きつけた。運転免許証だった。名前の欄にはふたつの名前が併記されている。こんな免許証は今まで見たことがない。けれどなんとなくは察し、尋ねる。

「どういうこと？」

見あげた高田の顔からは表情が一切読めなかった。

「若い人にはいろいろあるだろうって？　どうせくだらない学生同士の喧嘩《けんか》だとでも思ったんだろ。違うよ。警察に殴られたんだよ。原チャリのスピード違反で捕まって、免許証と学生証見せろって言われて、見せたらぼこぼこに殴られたんだよ」

「まさか」

「まさか、そう思うよな。俺だって思ったよ。警察は犯罪を取り締まるんだろ。俺は何の犯罪者だ？　T大は日本の国民の税金で運営してる教育機関だからだとよ。外国人の分際でT大の教育を受ける権利なんてない、外国人がT大なんて生意気だ、ってな。もっとひでえことも言われたよ、でもあんたには想像もつかないだろうな」

「……帰化制度って、なかったっけ？」

ない知識を総動員し、喜紗子は尋ねた。馬鹿にしたように高田は口の端を歪めて笑う。

「簡単に言ってんじゃねえよ、帰化はそんな簡単にできるもんじゃない。俺たちの先祖はずっと差別と闘ってきたんだ。なら国へ帰れって言う日本人も大勢いるけど、俺たちの代になるともう国の言葉なんか話せないんだよ。俺は自分の国に帰ったこともない。帰れないんだよ、なんでか判るか？　パスポートは緑色なのに、入国審査で話しかけられても何を言われてるのか理解できないからだよ、日本にも自分の国にも居場所はない、簡単に帰れとか言ってんじゃねえよ」

　恐怖とは違う類の感情が全身の皮膚の下に広がってゆく。

「この国にはそういう人間がいるって、考えたこともねえだろ、あんた」

「………」

　高田はその場を離れ、冷蔵庫を開けた。そして中から大きな保存容器を取り出し、蓋を開ける。瞬間、部屋の中に酸味のある刺激臭が充満した。素手で一摑みの中身を取り出し、戻ってきた高田は喜紗子の顔の前にそれを突きつけた。毒々しい赤に染まった野菜の漬物は耳の下を刺激し、吐き気と唾液が同時に溢《あふ》れてきて思わず顔を背けたが、髪の毛を摑まれる。

「食えよ。なあ、あんたもあんたの料理も日本そのものだ。美味いけど曖昧で、無難で、お高く留まってるくせにちょっとでも違う味を加えればころっと態度が変わる。日本人そのものだよ。ほら、食えよ、口開けろ」

　頭を押さえつけられ、喜紗子は観念して口を開けた。とたん、口の中に漬物を詰め込まれる。辛くて酸っぱくてしょっぱくて、刺激の強さに脳天を突き破るような眩暈《めまい》がした。咀嚼《そしやく》すると同時に、寒気とも違う、身体中の毛穴が開くような感覚に襲われる。高田は手のひらに残った薬念《ヤンニョム》を喜紗子の頰に擦りつける。ひりひりと肌が痛む。髪の毛を摑まれたまま、半ば強引な口淫《こういん》のように突っ込まれた漬物を時間をかけて咀嚼し、すべて嚥下《えんげ》したあと喜紗子は高田を見あげた。

「辛い」

「寒い国なんだよ」

「行ったことないくせに、日本語しか話せないくせに、帰る勇気もないくせに、なに知ったようなこと言ってるの？」

喜紗子は高田の、おそらく自分を殴りつけようと振りあげられた赤く汚れた手を摑む。そして彼の中指と人差し指を自らの口の中に入れ、舌で舐《ねぶ》った。舌に、口内の粘膜に、男の指と爪が触れる。指の持ち主は怯《おび》えた顔をして突っ立っているだけで、その傍らで喜紗子の身体は、肌は、ゆっくりと熱を帯びてゆく。まだ歳若い学生の高田が抵抗できないのは判っていた。伊達《だて》に大勢の男と付き合ってきたわけじゃない。指の腹、側面、付け根に丹念に舌を這《は》わせながら喜紗子は高田の顔を見る。

「……もしかして童貞なの？」

「は？」

「偉そうなこと言っておいて、そんなに憎ければ犯せばいいじゃない？　私は日本そのものなんでしょ？　だったら穢《けが》せばいいじゃ」

言い終わらないうちに今度こそ頬を張られた。そして腕を摑まれ、ぐちゃぐちゃのべッドの上に投げ出される。頬の痛み、背中の痛み、そして男の身体の重みに、死んだように眠っていた肌の感覚が一気に開花した。あの刺激物を食べてしまったこと自体が喜紗子にとっては罪だ。塩や油や辛いものがどれだけ人の身体に陶酔をもたらすか、どれだけ人を堕落させるか。その堕落がときに人を死に至らしめることを、どれだけの人が自覚しているのだろう。

かつて喜紗子の母は自分の夫を堕落させ、死なせた。成人病、今では生活習慣病と呼ばれる類のあらゆる病に蝕《むしば》まれた父は、塩と油と辛いものと酒が好きだった。不健康な食生活が人を殺すことを母は知らなかった。否、知っていたのだろうが、父が食べたいと望んだものを食べさせつづけた結果、死なせた。喜紗子が小学校二年生のときだ。葬儀の席で姑《しゅうとめ》や小姑《こじゅうと》からおまえのせいだと罵倒され、泣いていた母はその後ヒステリックなまでに自身の妄信する「健康食」と「正しい生活」の崇高さを娘に説いた。親の、子供に対する教育は宗教の教祖と信者のそれと同じく、信じて従わざるを得ないものだ。教えに反する行為は紛れもなく罪、そして神の瞬きのあいだに犯す罪は往々にして甘美なものである。

服の上から高田の指が喜紗子の胸を痛いくらいの力で掴む。指と指の間で皮膚が硬く尖《とが》って下着に擦れる。

「じかに触って」

喜紗子は高田の手をシャツの下に導き、同時に膝で男の脚のあいだを割った。そこもじゅうぶんに硬く苦しそうだった。

「あんた、いつもこんなことしてるのかよ」

怒りと戸惑いの入り混じった高田の問いに喜紗子は答えず、彼の頭を両手で摑み、唇にくちづけた。いつもはしてない。結婚したあとはしたこともない。舌で歯のあいだを割ると高田の舌が絡みついてきた。乱暴で長い長いくちづけ、息があがり、僅かな刺激にも小さく声が漏れる。外国人だろうと日本人だろうと、やることもその手順も同じなのに、どこに国境があるというのか。目を閉じた向こうで服を脱ぐ気配がある。スカートを捲《まく》りあげられ、下着をおろされ、蕩《とろ》けた窪《くぼ》みを男の指が犯した。痛みと痺《しび》れと満たされないもどかしさに背中が撓《たわ》む。

「首、絞めて」

「……は？」

「指じゃ足りないの、中が寂しいの、お願い入れて、そして首を絞めて」

「………」

「日本人が憎いんでしょ、なら殺しなさいよ」

戸惑いの色の濃くなる中、喜紗子は迫り来る物質的な罪を迎えるために再び目を閉じる。数秒後、身体が割られた。あああぁぁぁ、と漏れ出た声が喉元で遮られ、くぐもった呻《うめ》きに変わる。

母が父を殺したわけじゃない。自分で勝手に死んだだけだ。どれだけこちらが「生かそう」と腐心したって、一時の刺激と快楽のために死に急ぐ人がいる。ねえお母さん。あなたはお父さんがあなたの作った殺人料理を食べているのを見ているとき、悲しくて死にたくなりませんでしたか。人格が破綻するほど姑から責められたのに、何故、自分のせいじゃない、と言い返さなかったのですか。狂信的な「正しい生活」がぜんぜん健やかじゃないことを、もしかして知ってたんじゃないですか。

苦しい、痛い、苦しい、痛い、のサイクルがやがてただの恍惚《こうこつ》とした快楽に転じるころ、皮膚のあらゆるところから一気に汗が滲《にじ》んだ。唾液みたいだと思った。肌が開いている、求めている、より強く、知らない味を。喜紗子は首に絡まる指を力任せに引き剥がし瞼《まぶた》をあげ、喘《あえ》ぎ声を漏らす合間に胸を上下させて呼吸を整えようとした。敵を憎むことで自我を保っていた若い男は、必死の形相で敵国の女を組み伏せて犯す。日本の「正しい食事」の味が秘める、単純に見えて深い複雑さは日本人の思考のしたたかさの象徴だと思う。若竹のように柔らかな撓《しな》りを持ちながらも決して折れることのない。

「ああ、もう、許してぇ」

蹂躙《じゅうりん》されたふりをして、肌のすべてを舌にして、喜紗子は男の身体から生ずる快楽を一滴残らず貪る。笑いさえ込みあげてくる。束の間に味わう罪の、なんて刹那に美味しいことだろう。与えられる摩擦に自らの意思ではなくあられもない声を漏らし、身体を撓らせる。大きくうねる波が到来し、甲高い声と共に意識も身体も彼方《かなた》に押し流された一瞬ののち、喜紗子は収縮する最奥に痛いほどの射出を受け止めた。

髪の毛を染めたいと思ったことはあった。浮ついた派手な服を着たいと願ったこともあった。栄養や身体の心配なんかせずにジャンクなものを腹いっぱい食べたいと思ったことも勿論《もちろん》ある。けれど、実際に若いころそういう生活を送っていたであろう人たちの末路を喜紗子は高校生のころにたくさん見てきていた。あの大型スーパーで。

働き口の少ない地方都市では、喜紗子の求める生活は送れない。釣りあげ可能な男のレベルだって、狭い漁場ではたかが知れている。勉強して受験して東京に出て、サラリーマンの肩書きで働く人種の中では成功者として扱われる大手の広告代理店に就職するまで、喜紗子は己に自律という強固なプロデュースを課しつづけた。入社一年目に社内で出会った、そこそこの金と地位、そして文化的に広い人脈を持つ享一に狙いを定め、三年で結婚まで持ち込んだ。自身の、生きるため、理想を現実とするために解を求めつづけた計算の記憶すべてを穢れのない白いシーツで覆い、喜紗子は現在至極ナチュラルに「流行《はや》りのカフェで働く幸せな主婦」として生きている。

あれから三日、金曜になって顔の腫れのほとんど引いた高田が出勤してきた。何食わぬ顔で会釈する、その瞳の端に若干の劣情を見て取った喜紗子は、薄い嘲笑と共に目を逸《そ》らした。

二十年もこの国で生きてきて、日本人の女が従順な肌の下に忍ばせる海溝のごとき底意地の悪さを学ぶ機会はなかったのか。あるいは日本を憎みながらも、もしかしてどこかで信じていたいのだろうか。生まれ育った国を。裏切られるに決まってるのに。

高田は「いつか○○の社長になる、そのために猛勉強してT大に入学した」のだそうだ。束の間の罪を貪ったあとに言った。その社名は非財閥日系資本の世界的な大企業で、恋人でもない女にピロートークかよ、しかも俺のビッグドリームを語っちゃう系かよ、と笑いそうになりつつも喜紗子は若い男の戯言《ざれごと》を黙って聞いてやった。彼が順調に就職すれば役職に就く年齢になるであろう二十年後くらいの未来、日本がどういう国になっているのか喜紗子には想像もつかない。ただ、二十年前、自分が十四歳だったころと比べて今は何が変わったのか判らないくらいだから、大した変化はないだろう。

一言も高田と口をきかず、喜紗子は五時にタイムカードを押した。自転車を漕いで家に帰る。うきうきと冷蔵庫を開け、中からブラックタイガーのパックを取り出した。今日までだ。明日からはまた修行僧みたいな食事に戻る。そう念じながら殻を剝いてせわたを引っ張り出す。

老酒《ラオチユウ》に少し浸《つ》けたあと水気を取った海老《えび》の身に分厚い衣をまぶし、油で揚げた。更に中華鍋で大量のマヨネーズとスイートチリソースで和え、ざっと炒《いた》める。皿に移したあと、表面が真っ赤になるくらいの七味唐辛子をふりかけ、買ってきた缶ビールと一緒にダイニングテーブルへ移動した。

いただきます。

ひとりで手を合わせ、喜紗子は手づかみで、唐辛子とにんにくくさいマヨネーズにまみれた熱い海老を頬ばる。脳が蕩けそうになるほど美味しい。汚れた指を一本一本舐《な》め取り、缶ビールを開け、限界まで一気に喉の奥に流し込む。何度か同じ行為を繰り返し、海老の皿は空になり、ビールもなくなった。マヨネーズと唐辛子の残骸が汚らしく皿にこびりついている。満足感、満腹感が薄ら寒い罪悪感に変わった瞬間、喜紗子はトイレに駆け込み、喉の奥に中指と人差し指を突っ込んで舌の付け根を抉《えぐ》るように押した。

まだ胃液とも混じり合っていない、ただの咀嚼済みの料理が、苦い汁と共に便器の中に勢いよく吐き出される。健康に悪い食べ物は快楽で、快楽は罪悪だ。罪悪には罰を与えなければならない。罰を与えなければ死んでしまう。胃がひっくり返るような痙攣《けいれん》を何度も自主的に与え、すべてを吐き戻し終えたあと、涙と鼻水と嘔吐物《おうとぶつ》でぐちゃぐちゃになった顔をトイレットペーパーで乱暴に拭った。レバーを下げれば罪の証拠も残滓《ざんし》も混沌に似た下水道に飲み込まれてゆく。

今日までだ。快楽の名残を惜しむのは。喜紗子はトイレを出て、洗面所で口をゆすいだ。趣味も特技も自律です、みたいな生活をしてきたので、その決意は容易に遂行されるだろう。歯を磨いている最中、電話が鳴った。慌てて再び口をゆすぎ、通話ボタンを押す。

「あ、もしもし、今から帰るよー」

「あら、早いね、珍しい」

「うん。喜紗子が前にほしがってた尾札部《おさつべ》の昆布、クライアントに実家がそこらへんって人がいて、土産にもらったんだ」

「えっ、嬉しい、ていうか憶えててくれたんだ、嬉しい」

ごめんキャッチ入った、と慌ただしく享一は電話を切った。喜紗子はまだ歯磨き粉の残っている口内をもう一度ゆすぎ、ついでに手も洗い、鏡を見た。ＬＥＤ電球のやたらと白くて明るい光の下、鏡に映った女は死にたての屍《しかばね》のような顔をしていた。指の先を鏡面に触れ、己の冷たい輪郭をなぞる。

大丈夫だ。私は正しい。

正解が判らなくても、正解が存在しなくても、私は。絶対に。

身体の隅々にまで言い聞かせ、喜紗子は唇の両端をぎゅっとあげた。

金色

昼間に出会った清らな女学生の姿を思い出しながら、うらはらに私の唇は清らとは程遠い細く甘い猥《みだ》らな声を漏らす。純白の二本線が目に眩《まぶ》しい寡欲《かよく》な濃紺のセーラーカラーの上には、ほつれのないおさげ髪が垂れ、磨かれた陶器の玉みたいに綺麗《きれい》であろう彼女の踝《くるぶし》は、白いリブの野暮ったいソックスに覆い隠されていた。ひな菊が微風に花弁を掠《かす》めて遊ぶように、純朴な笑顔を傍らの友人と交わし合い、霧雨に濡《ぬ》れた緩やかな坂を下っていった清らな女学生。

肌が赤く熱くなってみっともないから、男と一緒にいるときはお酒を呑《の》むのもお風呂に入るのも避けたいのに、男と一緒にいるときはだいたいお酒を呑むしお風呂にも入る。女と一緒にいるときは男もお酒を呑む。酔っ払ったふりをしなければ女を抱けない男のなんと多いことか、と、くちづけの酒臭さに白ける。

火照《ほて》って汗の滲《にじ》んだ肌がそそるなんて男の自分勝手な幻想だ。赤くて湿ってみっともなくて、できれば見せたくないのに男は喜んでもっと火照らせようとする。

——あかん、やめて、お願い。

その言葉は心からのものだ。でも嬌声《きようせい》と勘違いした男は指や舌を肌に添わす。三十をすぎた女の性欲は旺盛だとかいう、一部の女にしか真実ではない嘘《うそ》を流布した人たちをひとり残らず斬首の刑に処したいと願う。嗚呼《ああ》、あのひな菊の娘の踝はどんな形だろう、野暮ったい綿のソックスに守られた足の指は柔らかだろうか。つやつやとしたおさげ髪を解いたとき、うねる黒髪はどんな匂いを散らすのだろう。

——いやや、岡野《おかの》さん、恥ずかしい、やめて。

そしてさっさと入れて。おまえの肌も息も酒臭くて吐き気がする。

玄関ホールに飾られた花の趣味が悪い。がまずみ、雪柳、竜胆《りんどう》。まとまっていないし、水盤の色も形も花材とまるで調和してないし、雪柳が萎《しお》れかけている。どうしてもっときちんと生けてあげないのだろう。

夫の部屋の扉を開けたら、介護士がオムツを替えて身体《からだ》を拭いているところだった。窓は開け放されていて、小さく波が岩に打ちつける音が聞こえてくる。私の姿を認めると若い介護士は会釈し、汚れ物をまとめて部屋から出て行った。

「巌夫《いわお》さん」

ベッド脇の椅子に腰を下ろし、夫の手を取り声をかける。彼はこちらを見ず、腐りかけた卵白に覆われたみたいな目は天井を向いている。せっかくこの施設の中で、一番眺めの良い部屋なのに。海も空も青く、時おり水薙鳥《みずなぎどり》の鳴き声が遠くに聞こえる。彼の目には何も見えてないのだろうなと思いつつ、その目に映るものが何かなんて興味もなかった。

「温泉に行ってきてん。お土産におまんじゅう買《こ》うてきてんけど、巌夫さん食べられへんやんなぁ」

　ふあああ、というような吐息が夫の口から漏れるのが聞こえた。歯はない。しかし人間の欲で最後まで残るのは食欲なのかな、と思う。寝たきり状態だと睡眠欲というのはうやむやになっている気がするし、九十二歳の男性に性欲があるのかどうかも判《わか》らない。

「昨日は、一馬《かずま》くんのために五十四歳の男の人に抱かれてきてん。えらい気持ち悪かってん。せやけど温泉はけっこう良かってん。神奈川のほう。公園がすごい素敵やったわぁ」

　夫は目を閉じた。そしてほどなくして鼾《いびき》が聞こえてくる。義務は終えた。私は椅子から立ちあがり、部屋を出る。そして先ほどの介護士を探し、おまんじゅうの入った紙袋を手渡した。

「いつもありがとうございます」

　彼女はそう言って若干引き攣《つ》ったような笑顔を見せ、土産を受け取る。

「こちらこそいつも夫の世話を、ありがとうございます」

　私も「良い妻」の笑顔を作り、ぺこりと会釈する。私がいなくなったあと、彼女たちが交わす会話の想像はだいたいいつく。世間的に正しい職業。世間的な常識。世間的な倫理。その皮を一枚はがせば、きっと中身は私と同じだろうに、彼女たちの清廉潔白な佇《たたず》まいには反吐《へど》が出る。私がこの世で一番好きなものは美しい自分で、同じくらい好きなものは花とお金だ。

「ほな、よろしくお願いいたしますね」

踵《きびす》を返した私の背中に、綺麗事という麗しい媚薬《びやく》の塗られた倫理の矢が突き刺さる。私の身体はそんなものでは決して傷付かない。おまえらが迷うことなく己の身と全財産を奈落の底に落とせるのならば、彼岸から思う存分私に石を投げるが良い。

今現在の私の家族。六十四歳の息子には三十歳の息子（孫）がいて、その息子には二歳になる息子（ひ孫）がいる。私と夫の間には子供はいないが、前妻が産んでくれた男子と、その息子、孫たちがすくすくと育ってくれているおかげで夫の会社に斜陽はない。私の愛する大切な家族。

二十歳のときに、アルバイトをしていた議員の事務所で八十歳の巌夫に出会い、求愛された。国家権力と、実際今そこにある金を天秤にかけた結果、それまで付き合っていた六十五歳の議員と別れてすぐに巌夫と結婚した。籍を入れ、遺言書さえ手に入れればこっちのものだと思っていた。実際、巌夫が寝たきりになるまで三年とかからなかった。一番新しい遺言書は銀行の貸し金庫にあり、暗証番号は私しか知らない。

六十四歳の息子は私と寝ていたため、年間四千万円かかる介護施設に夫を入れると言ったとき、嫁にあれこれ横槍《よこやり》を入れられようが大っぴらな反対ができなかった。なお、孫とも寝ているため、彼らが私より先に死なない限りは私が死ぬまで彼らは私の言いなりになる。たかがセックス、されどセックスだ。寝ておいて良かった。

屋敷に戻り、ぬるい風呂に入り化粧を落とした。風呂上りの鏡の中にはぬめるような白い肌の私の裸体が映る。愛らしい顔を支える細い首、鎖骨の浮いた肩、肋骨《ろっこつ》の下の抉《えぐ》れたウエストに、肉の膨らみのない腹、きちんと凹凸のある細い足。何時間でも眺めていられる。周りの人たちは私を「愛のない結婚をした女」だと言うが、自分以上に愛せる存在のない人間が、そんな自分を求めてくれた人と結婚するのは、夫婦共に愛する対象が同じ、という愛の溢《あふ》れる幸せな結婚ではなかろうか。そもそも八十歳の老人が、二十歳の娘に自分の所有するお金以外を愛されることなど望んでいなかったはずだ。斯様《かよう》にふてぶてしい願いを抱く老人がどこにおろうか。

オイル、化粧水、美容液、乳液、クリームを塗り重ねて丹念に肌に浸透させたあと、ふかふかのバスローブを羽織り、リビングに向かうとローテーブルに風呂上りの金盞花《きんせんか》茶が用意されていた。ソファに座り、オットマンに脚を乗せる。傍らの棚の上には花材も届いていた。偶然にも病院で見たのと同じ、がまずみ、雪柳、竜胆も交じっていた。私ならもっと綺麗に生かしてあげられる。今日は何をどれにどう飾ろうか。

花を物色していたら音もなく扉が開き、男の声が聞こえた。孫の声だった。

「一馬くん、来てたん」

「麻貴《まき》さん」

ここは息子や孫たちにとっては「実家」なので、彼らは鍵を持っている。三十歳の孫の一馬は、怯《おび》えた顔をして私の傍までやってきた。巌夫はこの一馬を溺愛していた。しかし実の息子である正輝《まさき》は、親の巌夫とも息子の一馬とも仲が悪い。この家の男で一番賢いのは正輝で、この家に嫁に来て四日目で私と関係を持った一馬とは対照的に、正輝を懐柔するまでは二年もかかった。ただのふしだらな売女と見くだしていた私が、花も生ける、茶も点《た》てる、着付けの技も料理の腕も彼の妻や嫁を凌《しの》ぐことを思い知ったとき、悔しそうに私を抱いたのだった。すべて売女の生きる糧として母に叩《たた》き込まれたことで、加えて言うなら私は字も綺麗だし英語も喋《しゃべ》れる。女が男の持つお金という付加価値に惹《ひ》かれるように、男も女の持つ意外な付加価値によろめくものである。

「……どうなった？」

「聞きたいんやったら、脚、揉《も》んでくれる？」

一馬は複雑な表情のまま足元に跪《ひざまず》き、私の手渡した橙花油《ネロリ》の香りがするオイルを手のひらに取ると脛《すね》に滑らせた。

「ねぇ一馬くん、私はあんたのお祖父《じい》様の妻やんなぁ」

「……………」

「あんたの妻ではないやんなぁ」

うなだれる一馬の顔を、摑《つか》まれていないほうの足の指で撫《な》でる。耳に指先を触れると一瞬びくりと身体を強張《こわば》らせたが、彼は黙々と脚を揉みつづけた。

この家は代々、国や自治体から仕事を受注する総合建設業を営む。一馬は二十八になったとき、正輝から子会社をひとつ任されていた。優秀な息子に虐げられつづけてきたバカな孫は、一年で赤字を出したあげく、秘書という名の愛人を孕《はら》ませた。

認知してくれないのならば粉飾決算を銀行と親にばらす、と脅されて困り果てた一馬は、かつて売女と罵った私に泣きついてきたのだった。私には詳しいことはまったく判らない。が、一馬に言われた何人かの男と私は「出会い」「寝て」「特定の会話をし」、その様子を音声データに収めた。昨日の温泉の岡野という男が「何人か」の最後だった。

「なんで、自分の妻にやらせへんかったん？　あんたの妻が夫のことを愛してるんやったら、夫のためやったらなんでもしてくれるはずやんなぁ？」

答えの判りきった質問を私は孫に投げかける。無言のまま脚を揉みつづけている孫の髪の毛を手のひらに摑んだ。そして私はバスローブの下の脚を彼の目の前に開く。

「舐《な》めて」

私の言葉に、一馬は微かに顔を歪《ゆが》ませた。しかしすぐに生暖かい舌先が、冷えた陰唇たいにせわしない様子が間抜けで可笑《おか》しくて、私は声をあげて笑った。
指にも陰茎にも長さの足りない男の舌が、必死に私の奥を探る。トリュフを探す豚み
「もっと、奥まで」
を割った。

家政婦は極力私とは顔を合わさないようにしているらしく、巌夫が施設に入ってから
こちら、いつもこの屋敷には人の気配がない。私が汚したり散らかしたりしたところは
次に見たとき綺麗になっているから、人がいるのは判る。でも姿が見えない。
生まれたときから友達はひとりもいないので、とくに孤独を感じることはなかった。
私の母も同じように生きて死んだ人だ。おそらく私の父親は、巌夫と出会う前に付き合
っていた六十五歳の議員で、彼も薄々とそれは判っていただろうが口には出さなかった。
日本一の花街にあるお店のホステスだった母は、私を産んだあとも器用に何人もの「旦
那さん」から金を引き出し、娘とふたりの生活を適度に潤わせた。しかし最終的に私が
十八歳のとき、痴情のもつれで殺されている。彼女がどういう子供時代を送ってきたの
かは最後まで聞けなかった。けれど、生きていくうえで友達なんていらないのだな、と
は学んだ。同じ学校に通う子供たちも、深く立ち入らない付き合いが普通だった。
もし私が、ごく普通の、会社員のお父さんと専業主婦のお母さんがいる家庭に生まれ

て、休日は三人でデパートに行ったりして、クリスマスにチワワの子犬でも買ってもらうような暮らしをしていたら、今ごろどんな大人になっていただろう。

——どんな学校生活を、送っていたのかな。

あの女学生の姿が忘れられず、私は三日後、宿を一週間予約してふたたび神奈川の外れにある温泉街を訪れた。三日前と同じ宿にしたのは、エントランスホールに飾られた花の凛《りん》とした緊張感を湛《たた》えているさまが気に入ったからだが、「正しくない」男女の客を大勢受け入れてきているであろうその宿の従業員たちは、私になんの不快感も覚えさせずひとりの客として迎え入れ、部屋に通した。正解だった。花を綺麗に生かす人がいる場所には、良い人が集まるのかもしれない。

この宿にはスパがある。前回は一泊しかできなかったし男と一緒だったから諦めたが、私は案内をしてきた従業員に、全日程のスパを予約するよう伝えた。パンフレットによればいろんなメニューがあるので、六泊すればだいたいぜんぶ試せる。

部屋は離れで、竹垣に囲まれた狭い庭には岩風呂がある。案内の従業員が下がったあと、私はすぐさま服を脱いで風呂に入った。火照った自分の身体は嫌いだが、温めて代謝を良くすればそれだけ身体の中は綺麗になる。

私にとってはセックスも性欲ではなく単なる美容だ。性器が使い物になりさえすれば、相手は老いていたほうが良い。挿入までの過程がどんなに気持ち悪かろうと、粘膜の摩擦による肉体的な快楽を得さえすれば、それが長ければ長いほど翌日の肌に艶が出る。

薄暗い晩春の夕暮れは虫の声も聞こえてこず、風呂からあがったあとは夕飯が運ばれてくるまでひとり、月見台から徐々に増えてくる星を眺めた。あの娘に会えるかな。


「その制服なら、駅の反対側にある小中高一貫の女子校です」

スパの施術者は私の背中にストーンを配置しながら、問いかけにすぐに答えた。午前十一時からという半端に早い時間にしか予約が取れず、大きく窓を取った部屋の中は高く昇った日の光が眩しいほどだ。部屋の端に飾られた花のセンスが良くて、花も幸せだろうな、と思う。

「まぁ、そうなん？　ステキな制服よねぇ」

「この地域の女の子たちがいつか着たいって憧れる制服なんです」

施術者は骨盤のひずみを確認しながらまたよどみなく答える。

「あなたはこの近くの出身やの？」

「はい。私は庶民なんで近くの公立学校に通ってましたけど、駅前であの制服の子たちを見るたびに、いいなあっていつも思ってて」

「お嬢様学校なんやぁ」

「ものすごいお嬢様学校なんです。校内に寄宿舎もあるんですけど定員が少ないらしくて、こんな僻地《へきち》まで、わざわざ東京のほうから通ってるお嬢さんもいるそうですよ」

背中のほうが、複雑な喜びに撓《たわ》む気がした。

「それにしても和久井《わくい》様、お肌綺麗ですねえ」

そんな言葉と共にふくふくと柔らかな手のひらが肩から肘までをしごいてゆく。

「ありがとう、もっと言って」

男からでも女からでも、綺麗という言葉は美容液になる。

「本当にお綺麗です、背中にも染みひとつないし、肘もツルツル。こんな綺麗な肘、見たことないです」

彼女の施術は会話も含めて東京のサロンに劣らず、フェイシャルとボディと、二時間半まるまる私は肌に触れられることを楽しんだ。あと四日、違うメニューで彼女の施術を受けられるならとても素晴らしい滞在になるだろう。

「また明日、お待ちしておりますね」

手を引いて私を導き、階段を下りたところで彼女は言った。


どうせなら観光をしよう、と私は五日前、宿の近くの公園に赴いた。生まれてから母が死ぬまでは花街の中で育ち、母とは旅行をしたことがなかった。中学校の修学旅行は体調不良を理由にずっと宿の中で過ごし、一緒に旅行をする友達もいなかったし、十五のときに初めて「付き合った」相手も、写真を撮られたら社会的な命取りになりかねない既婚者だったため、一緒にどこかに行くとしても現地集合現地解散で、外に出る必要のない温泉宿だった。そういう人が多いから、温泉宿には不倫の客が多い。

正午近くの公園にはちらほらと観光客がいて、その中に、セーラー服姿の女学生が何人かいた。身体の大きさや頰の肉付きからして中学生だろう。柔らかな曇天の下、彼女たちはしゃがみ込み、膝の上に載せたスケッチブックに花の絵を描いていた。ひとりでいる子もいれば、ふたりの子、三人の子もいる。

私がもし、世間一般の人たちが言う「普通」の学生だったなら、と、想像したことはあるけれど望んだことはない。花街の近くの学校には花街で生まれた子が私以外にも大勢いたし、彼ら彼女らは私と同様、自分の育った環境が普通だと思っていただろう。しかし、世間で言うところの正しい純粋培養を絵に描いて額装したような女学生たちの姿は、日の光のせいだけではなく目に眩しかった。

私のスカートの裾が、珊瑚《さんご》色のしゃくなげを描いていたふたり組の女学生のスケッチブックの端にかかった。

——あ、ご覧になりますか、すみません。

ふたりは私を見あげ、そこを退《ど》こうと、腰をあげようとした。

——ううん、あなたたちの絵を見てたの。上手やねぇ。

まさかあなたたちのセーラーカラーの白いラインと、おさげ髪で露《あらわ》になった細いうなじを眺めていたとも言えず、私は咄嗟《とっさ》に笑顔を作り、答えた。実際に彼女たちの絵は非常に達者だった。

——ありがとうございます。

ふたりは顔を見合わせたあと、はにかんだ笑顔と共《とも》に声を揃《そろ》えて答える。柔らかそうな唇から覗《のぞ》く白い歯、ふっくりと薄紅色に染まった丸い頬。私はひとりの娘の顔に目を奪われる。なんて可愛《かわい》い子だろう。嗚呼、なんて可愛い子だろう。

——おひとりで、観光ですか？

私の動揺に気付いた様子もなく、もうひとりの子が尋ねてくる。

——ええ。

——もうちょっと早くいらしていたら、桜が綺麗だったのに、勿体無《もったいな》いですね。

——桜は小さいころに見飽きてしもたから、しゃくなげの季節で嬉《うれ》しいわぁ。

彼女たちはまた顔を見合わせ、うふふ、と笑う。しかし次の瞬間、私と同時に空を見あげた。降り始めの細かな霧雨が舞っていた。

——天気予報は、晴れやったのになぁ。

私が呟《つぶや》くと、

——このあたりは天気が変わりやすいんです。湖のほうはもっと。

彼女たちはスケッチブックを閉じ、立ちあがった。そして鈴の音のような声で「ごきげんよう」と言って私に向かって頭を下げ、しゃくなげに囲まれた小道の緩やかな傾斜を下っていった。

どちらも可愛い娘だった。しかしひとりの顔しか憶《おぼ》えていない。そしてその顔を忘れたくなくて私はずっと反芻《はんすう》している。しゃくなげに囲まれた一輪のひな菊。

フェイシャルマッサージのおかげで血色が良く、化粧を施さなくても外に出られるほどだったので、私は着替えだけ済ませ、髪の毛を整えたあと部屋の外に出た。空は晴れている。けれど山のほうにはうっすらと雲がかかり、また霧雨でも降り出しそうだった。公園のように広い宿の庭園に折り重なる緑は濃く深く、胸の底まで息を吸えば、彼らの吐き出した新鮮な酸素を身体中に満たせる気がする。吐き出した瞬間、ふと桜の匂いを感じたような気がした。そんな季節じゃないのに、花街の桜の葉は私の中のどこかに張り付いていて、ふとしたときに髪だとか指だとかの端を引っ張る。

息苦しいなどと思ったことはない。けれど誰も私の顔を、私の素性を知らない場所にひとりでいると、身体中にきつく糸を張り巡らせたすべての糸巻きが、音を立てて緩むような気がする。そんな三味線は間抜けな音しか奏でない。実際、宿の門を出て駅のほうに向かっている最中、私は何もないところで足をもつれさせて転んだ。いくらなんでも緩みすぎだ。

膝の下まであるスカートがかろうじて膝の皮膚を守ってくれたが、身体を支えるために地面に突いた手のひらには砂の欠片《かけら》が刺さり、血が滲んでいた。なんだか自分のぶざまさに呆然《ぼうぜん》としてしまい、立てなかった。

「大丈夫ですか？」

頭上から聞こえてきた声に、私は僅かな期待を抱き顔をあげる。

「……あっ」

と、声の主は私の顔を見て小さく声をあげた。あなたの存在なんて信じていないけれど、もし存在するならば、神様。

「あの、大丈夫ですか？」

彼女はもう一度私に尋ね、おずおずと手を差し出してくれた。

「……ありがとう」

神様と、彼女の親切と、この幸運を摑んだ私の日ごろの善行に謝辞を述べ、私は彼女の手を摑む。初恋がいつだったのかまったく憶えていないけれど、たぶん初恋の人と初めて喋ったときよりも私の胸は高鳴った。柔らかな手のひらに、短く切り揃えられた薄紅色の爪が可憐《かれん》な細く脆《もろ》そうな指。嗚呼、可愛い。

「立てますか？」

「捻《ひね》ってしまったんかもしれへん」

どんな男に対して作る声よりもしおらしい声を作り、私は答える。しかし立ちあがってみたら本当に左足を捻っていたらしく、踝の下のあたりがずきんと痛んだ。

「申し訳ないんやけど、宿まで肩、貸してくれはらへん？　遠ないし」

「はい、どこにお泊りなんですか？」

私が宿の名前を答えると、彼女は「いいな」と羨ましげに私を見あげたが、すぐに恥ずかしそうに下を向き「すみません」と小さく言った。そしてゆっくりと歩き始める。

「何が？」

「人を羨んだりするのは心の卑しい人のすることです、すみません」

スパの施術者の情報によれば、彼女の通う学校はカソリックである。清廉すぎる彼女の謝罪になんと答えればいいのか判らず、結局私は「そんなのおあいこやわ」としか言えなかった。

「おあいこですか？」

「私かって、あなたの若さと可愛らしさが羨ましいもん」

「そんな、すごくお綺麗なのに」

足の痛みなど吹き飛び、ただひとつの言葉から生まれた喜びの渦に呑《の》まれた。否、綺麗という言葉ではなく、彼女が私に対して何らかの感情を持ったという事実が嬉しかった。そんなこと初めてで、どうしたらいいのか判らない。

わりと近場で転んだらしく、宿の門の前にはすぐに着いてしまった。逡巡したのち、私は言う。

「私の部屋、離れやから遠いのよ。しかもここからしばらく石畳やし。ついてきてくれはらへん？」

「でも、こういうところって、泊まってる人しか入れないいんじゃないですか？」

「大丈夫」

肩を摑んだ手のひらに少しだけ力を籠め、私は彼女の身体を押した。足が一歩前に出る。敷地に入ると、近くにいた男の従業員が目ざとく私の姿を認め、小走りに寄ってきて言った。

「おかえりなさいませ」

「ただいま。そこで転んでしもて、この子に助けてもらったの。お礼をしたいからお部屋に飲み物、運んできてくれはる？　甘いお菓子か何かと一緒に」

笑顔と共に伝えられた紛れもない事実に、男は微塵も不審そうな態度を見せず、同じく笑顔で応じた。

「かしこまりました。お飲み物は何にいたしましょう？」

「お任せします。でもなるべく早くお願いね」

彼は慇懃《いんぎん》に一礼するとまた小走りにどこかへ去ってゆく。私は再び歩き出し、エントランスの大扉を入る。傍らの少女は小さく溜息《ためいき》をつき、天井を眺めた。

鈍く白い光に溢れる建物の長い回廊を抜け、泊まっている離れに着いてあがり口で靴を脱いだとたん、床に倒れ込んでしまった。

「大丈夫ですか？　痛みます？　湿布もらってきましょうか？」

「あなた、名前は？」

彼女の問いには答えず、私はその柔らかな手指の先をぎゅっと握り、尋ねた。

「チホです。数字の千に稲穂の穂で千穂です」

「私は麻貴。ありがとう千穂ちゃん、ついてきてくれて。気にしないで部屋にあがって？　私ひとりやし」

握った手を離すと少女は少し戸惑った様子を見せながらも、毎日手入れをしているであろう艶のある葡萄茶《えびちゃ》色のローファーを脱ぎ、片手を伸ばして揃え、白いソックスに包まれた爪先で部屋の床板をそろりと踏んだ。

私の生まれた街の女たちは、本心を話さない。それは代々その土地に受け継がれた伝統のようなもので、顔には柔らかな笑みを張り付かせつつも、腹の底では誰もが自分と相手を比べている。私の母も、自分以外のすべての女を見くだす、という行為によって自尊心を保ちつづけていた。女だけでなく男も見くだしていたように思う。そして彼女は自分の娘にもそれを強いた。

人を信じたって絶対に裏切られるのだから、誰も信じてはいけない。

かなり小さなころから、そんな雰囲気のことを言われつづけていた。特筆すべきは、母は花街に生まれた女ではなく、もっと南の土地の生まれだということである。どんな人生を経てきたのか聞いたためしはないし死んでしまった今となっては判らないけれど、誰かに裏切られた傷の大きさはなんとなく推し量れる。

裏切られるから誰も信じてはいけない。そう教えられた子供は、誰も好きにならない。相手を好きにならなくても性行為はできるし結婚もできるし、男から愛の名前を借りた執着を向けられることはできる。そして私は、というよりもすべての女は金のためならばどんな演技もできる。

と、思っていた。

千穂は先日十四歳になったばかりの、中学二年生だそうだ。目の前に給仕された白磁の薄いティーカップに指をかけ、緊張した面持ちでその縁に唇をつける彼女の姿と、自分が十四歳だったころの記憶を頭の中で横に並べてみて、世界には「別の次元」というものが明らかに存在することを知った。

学生時代、私が真面目《まじめ》に勉強をしていたのは、社会的地位の高い男に飽きられずに付き合うには、それなりの頭脳と知識が必要だと母に言われていたからだ。しかし千穂は言う。

「学校が、高等部までしかないんです。外部の大学に行くためには今からきちんと勉強をしておかなきゃいけなくて、毎日宿題で大変なんです」

「大学に行ってまで、何かしたいことがあるん？」

「今はまだ判りません。でも、お父さんが、女子も手に職をつける時代だって」

「お父さま、何してはる方なん？」

「法律のお仕事です」

弁護士か検事か裁判官か、そこまでは答えなかった。しかし答えたあと彼女の表情は僅かに曇った。そして今更ながら気付く。この宿は彼女の学校とは線路を挟んで反対側にある。地元の子供で家がこちらにあるのでなければ、用はないはずだ。更にどう考えても親友であろう、あのとき公園で喋ったもうひとりの女生徒が傍らにおらず、千穂はひとりだった。

「千穂ちゃん、おうちはどこ？」

「東京の、大田区です」

ということは、やはり地元の子ではない。

「あら遠い。毎日ここまで通ってるん？　大変とちがう？」

「いえ、寮なんです。学校の敷地の中にあるんです」

規則がすごく厳しいんですよ、と千穂は苦笑いした。

「あと、何かあっても逃げられないんです、寮って」

何かあったのだ、と私は確信する。法律関係の仕事をする親を持つ子供と、行政関係の仕事をする親を持つ子供は、親の仕事内容によってときおり周囲の迫害を受けることがある。五日前はあんなに楽しそうに友達と笑い合っていたのに、先ほど再会したときから、彼女の表情は硬いままだった。私のことを警戒しているだけかと思っていたのだが、おかしなところで安堵した。私の眼差《まなざ》しに気付いて千穂は慌てて口の端をあげる。

「……すみません、会ったばかりの方にこんなことを」

「違うでしょ、二度目とちがう？」

「え？」

「一度、公園で会ってるでしょ。しゃくなげの絵、描いてたやんなぁ」

じゃなかったら今私はここにいないのだから、憶えていてほしい、と祈りに似た気持ちを平静の薄膜《はくまく》に包み隠して言うと、わざとらしくあがっていた千穂の口角が、偽物ではなく本物の笑顔に変わった。

「やっぱり、そうですよね。桜の花に飽きちゃったおねえさんですよね」

そういう憶え方か、と若干落胆したが、

「同じ制服の生徒がいっぱいいたし、もしかしたら私の顔忘れてるかなって思ってたんです。憶えていてくださって嬉しいです」

と継がれた言葉に落胆など吹き飛び、おそらく彼女以上に嬉しくなった。

学校のことやこの土地のこと、一時間と少しの間に彼女はいろいろと話してくれた。寮の門限は午後六時だという。雲の晴れた五月の空は午後四時をすぎると金色の光を帯びてくる。無駄に広い部屋の端にも窓から光は落ち、それに気付いた千穂が名残惜しげに眺めていた。

「門限ギリギリに帰ったらお友達が心配しはるでしょう。そろそろお帰りなさいな」

「あ、はい。長々とお邪魔してしまってすみません」

「もし良かったら、明日も来いひん？」

「いいんですか？」

「ええ。どうせひとりやし、退屈やから。三時くらいに入り口のところで待ってるわねえ」

あなたも今は寮に居場所がないでしょう、という言葉は控えた。内線で従業員を呼び、千穂をエントランスまで送るよう言い付けるついでに手のひらに一万円札を握らせた。

「明日も、彼女、遊びに来はるから」

「承知いたしました」

離れの入り口でふたりの背中を見送り、部屋に入って扉を閉め、この気持ちがなんなのか考える。初めて会ってからまだ五日しか経《た》ってないけれど、その五日のあいだ、私は彼女の顔を反芻しつづけていた。神様（実在するか知らないけど）が贈ってくれた奇跡により、今日私は彼女に再会し、部屋にまで招き、ふたりきりで話をした。

聖書の教えに従って生活を送る清らな少女との会話は、どんな男と寝たあとよりも私の心を満たした。本当はこんなに早く帰したくなかった。できれば一緒に食事をして、頬にくちづけのひとつでもしてから帰したかった。しかし今、彼女は親の事情により自分のどうすることもできないところで迫害を受け、優しさを求めている。少女たちを見守るイエス様もマリア様も、実質的に彼女を救ってはくれないのだろう。私に何らかの救いを求めるのならば、もっとも甘く中毒性のある救いになるよう、飢えを覚えてもらおう。そう思って胃のあたりがねじれる気持ちで送り出した。明日までの時間が永遠みたいでうんざりする。

十四のとき、初めて男に抱かれた。母の店に来ている客だったことと、雪の日だったことは憶えている。引き換えにとても高額な鞄《かばん》と靴を手に入れた。それらの入った大仰な紙袋を見ても母は何も言わなかった。実際私が育った街では私と同じような年ごろの娘たちが芸事を習い、お座敷では男にお酌をしていた。「お客さん」は少女の時間を買い、ときには金品も贈る。抱かれるか抱かれないかの違いだけで、男が女に付随するなんらかのものを買うのは、あそこではあたりまえのことだった。

そうして二十歳のとき莫大な財産と引き換えに私は結婚し、今まで生きてきた。生い立ちや環境の問題により、身体をメンテナンスする以外に他の女とは接触してこなかった。世界で一番楽しいことは鏡に映った自分を眺める行為だったし、二番目に楽しいのは花を生けることで、これもひとりでできる。外の世界に興味もなかった。

ひとりの寝床の中で、千穂の清廉な佇《たたず》まいを思い返し、再び私の心は芍薬《しゃくやく》の開花のように満たされた。明日も会える。それがたまらなく嬉しい。

翌日目覚めて朝ごはんを食べたあと、またもや十一時からという中途半端なスケジュールでスパに向かった。昨日のボディは主に身体を温めてほぐすウォームストーンセラピーだったが、今日はバリニーズだ。温めたオイルが放つ薔薇《ばら》のにおいが部屋の中に充満する。気持ち良い。

「昨日、和久井様がおっしゃっていた学校の生徒が何故《なぜ》か敷地の中を歩いてましたよ。ご両親でもいらしてたんですかねえ、ご覧になりました？」

肩をほぐしながら施術者は言った。

「私が連れてきてん。外に出たら転んで足、挫《くじ》いてしまって、そのときに助けてもらってん。せやし左足はあんまり触らんといて」

　彼女は軽く私の足首を摑み確認して「腫れてはいませんけど、弱めにしておきますね」と答えた。たくさん寝たので施術中も眠ることなく、私は千穂とのやりとりをぽつぽつと彼女に話した。

「朝のホームルームでは賛美歌うたってお祈りするんですって」

「天にまします我らの父よ、っていうのですかねえ」

　千穂はキリストの描かれた主の祈りの札を生徒手帳に挟んでいて、辛いときや悲しいときに必ず開いて祈るのだという。私がもし、と夢想してても今更どうにもならないけれど、もし彼女と同じ学校に通っていたとしたら、誰か、神様でも、信じられるようになっていたのかな、と思う。

「和久井様、なんだかその子に恋してるみたいに聞こえますね」

　彼女は笑いながら、何気なく言った。

「恋やろかぁ」

　私は答え、三秒後くらいにその言葉に驚いて、五秒後くらいに納得した。意外と自覚が早かった。そうか、この気持ちが恋なのか。道理で今まで経験したことのない感情だと思っていた。納得したあと、うつ伏せのまま思わず笑ってしまった。初恋がいつなのか思い出せなくて当然だ。まだ経験していなかったのだから。

まざまざと恋だと確信したのは、再度の来訪でのお喋りの最中、彼女に血の繋《つな》がらない「おねえさま」が存在し、また彼女を「おねえさま」と定める下級生がいると知ったときである。胸のうちに渦巻く息苦しい何かが嫉妬だと気付くまで、やはりそれほど時間はかからなかった。

「一年生を六年生の生徒が世話するっていう決まりがあるんです。だから私のおねえさまはもう卒業して東京に行っちゃったんですけど、お世話をしていた子はまだ初等部にいて」

千穂は鞄から生徒手帳を取り出し、開いて見せた。紺色のボーラー帽を被った小学生のころの千穂が、校門を背に赤ん坊かと思うような小さな女の子と手をつないで笑っている写真があった。この関係に嫉妬するのは人としてどうかと思うけれど、小さな千穂の世話をした子も、千穂に世話をされた子も、本気で羨ましくて腸のどこかが千切れそうだった。

「おねえさまは、どんな方やったん？」

「言っても怒りませんか？」

私の気持ちを見透かされたのかと思って驚いた。努めて平静を装い、笑顔で尋ねる。

「私が怒りそうな人なん？」

「そうじゃなくて、麻貴さんに少し雰囲気が似てるんです」

「……………」

「最初公園でお会いしたときは、お化粧なさってたから気付かなかったんですけど、昨日お会いしたときはお化粧してなかったでしょう。だからちょっと驚いちゃって」

邪気のない答えに、喜べばいいのか苛立《いらだ》てばいいのか判らなかった。しかし、

「今も、またおねえさまと話をしてるみたいで、嬉しいです」

とティーカップを両手で包み恥ずかしそうに笑う千穂が本当に可愛くていとしくて、苛立ちの欠片はすぐに消えた。

翌日も千穂はやってきた。いっそのことこの宿に住んで毎日彼女を待つ生活を送りたいと願った。どんなに幸せだろう。そんな気持ちで彼女を出迎えたが、その可愛い顔、艶やかな頬の真ん中に、赤い突起がひとつできていた。中学生ならばにきびのひとつやふたつできても仕方ないけれど、昨日まではなかったのに。

「ほっぺ、痛ない？」

部屋に通し、給仕が去ったあと、尋ねた。よく見ると紺色のセーラーカラーにちらほらと白い点が散っている。肩に注がれた私の視線に気付いたのか、千穂は小さな声で言った。

「お風呂に、入れなくて……」

昨日の話では、寮の入浴の時間は決まっていると言っていた。入浴の班も決まっていると言っていた。迫害を受けているから入れない、とは言わなかった。キリスト教ってたしか嘘を言ってはいけないという戒律があるはずだけれど、たしかに何も言わないなら嘘にはならないな、と感心し、私は逸《はや》る気持ちを抑え、提案した。

「ガスでも壊れてるん？　大変やなぁ。それやったらここのお風呂に入っていく？　外出てすぐの庭にあるし」

「いいんですか？」

ぱっと顔をあげて尋ねる千穂に、私は笑顔で頷《うなず》き、簞笥《たんす》から浴衣を取り出して渡した。

脱衣場の洗面台横に畳んで置かれた制服を、なんとなく恭しい気持ちと共に両手で取りあげる。

「湿気で皺《しわ》になってしまうから、ハンガーにかけておくわね」

ガラス戸を拳ひとつぶんくらい開けて、湯船に浸かる千穂に声をかけた。おさげをほどき、頭のてっぺんで団子にした頭をくるりとこちらに向け、ありがとうございます、と答える彼女の頰は白い湯気に煙る中で紅色に染まり、薄い耳朶《じだ》は蘭《らん》の花びらのようだった。

性が下半身と直結するならば、恋は性欲とはイコールではないことを初めて知る。一緒に湯に入り、身体を眺めたいと思う。温《ぬく》もった肌に手のひらを滑らせたいと思う。汚れた髪の毛を洗ってやりたいと思う。けれど、それ以上の接触を望んでいない自分に驚く。室内に戻り、クローゼットからハンガーを取り出して制服をかけた。私がいつも身につけている香水の匂いに混じって、紅茶に似た素朴な香りが鼻腔を掠める。

なんだか、悲しくなった。

欧州で作られた絹のブラウス、スカート、ワンピース、カシミヤのカーディガンやストールの中に交じって、濃紺のセーラー服は一際質素なのに、ほかのどの服よりも高貴で美しく見えた。

私のすぐ隣に別の世界は存在する。そしてそれは隣にあっても決して私の手には届かない。届いてはいけないものなのだ。私が中学生のとき、同じ教室には私と同じような生い立ちの子供が大勢いた。しかし中には、料亭などの老舗《しにせ》の子供もいた。狭い教室の中には見えない柔らかな衝立《ついたて》が存在し、私たちは衝立の向こうには行けなかった。今の私がどれだけ地位のあるお金持ちに嫁いでいたとしても、性根や生い立ちのロンダリングはできない。永遠に衝立の向こうには行けない。今また立ちはだかる衝立を前にして、茫漠《ぼうばく》と悲しい。

お金がほしかった。お金さえあれば望むものはなんでも手に入ると母は信じていたし、私も母の言葉を信じていたし、実際私は、望むものがなんなのかあまりよく判っていないけれど、おそらくすべてを手に入れてきた。毒々しい血の色をしたクリスタルベースも、磨いた骨みたいに艶《なま》めかしい白磁の花器も、それらに生ける花も、今の時期なら、いぼた、アリウム、うつぎ、おおでまり、アスター、あやめ、燕子花《かきつばた》。庭で育ててない枝ものや草花でも「お金を持っている」事実さえあればほしいと思ったときすぐに手に入る。

お金を手に入れてからこちら、初めて手に入らないものがガラス戸の向こう側にいる。手に入れてはいけないもの。私が穢《けが》してはならないもの。手が届くと勘違いしてしまいそうになる僅かな希望を潰すため、私は冷蔵庫から冷えたお酒を取り出して切子硝子《きりこガラス》の猪口《ちょこ》に注ぎ、一気に喉の奥に流し入れた。

千穂が私に心を開いたのは、私が彼女の「おねえさま」に似ていたからだ。おねえさまの、おそらくとても清らなさまからかけ離れた私を見たとき、千穂はどんな顔をするのだろう、と考えるとぞくぞくした。

しばらくののち、アルコールによって、肌が赤く染まってきた。真っ白な腕の内側が斑《まだら》に変色してこのうえなく醜い。鏡を覗けば、化粧をしていない頬も汚らしく赤くなっている。口の前に手を添えて息を吐いたら、腐った果物みたいなにおいがした。本当の私はこういう人間なのだろうと思う。どれだけ見た目を美しく保っていたとしても、ふとしたことでその均衡は脆く崩れる。花もそう。綺麗な花を組み合わせても、撓め方、留め方、ひとつでも間違っているとひどくみっともないものになる。

風呂からあがった千穂が、濡れ髪のまま浴衣を纏《まと》って部屋に戻ってきた。ローテーブルの上に置かれた小さな酒瓶と猪口を見て、そこから私に視線をあげる。表情に僅かな嫌悪の色が差すのを見逃さなかった。

「……お酒、飲まれるんですね」

「大人やから」

笑顔が不自然にならないよう、答える。

「神の子の血は葡萄酒《ぶどうしゅ》なんでしょ？　礼拝では飲んだりしいひんの？」

「お酒は飲んだことありません」

私は立ちあがり、僅かに怯える千穂の傍らに立ち、指尖《しせん》を頬に触れた。小さな肩が強張るのが伝わってくる。

「本当に、可愛いわねぇ」

女を抱くときに酒を呑まなければならない男の気持ちが今初めて判った。頬に触れた指を唇に、顎に、浴衣の合わせから覗く鎖骨にと移してゆき、白い襟にかかったとき、声を低く震わせて千穂が言った。

「お父さんが、お酒を飲んで間違いを犯したんです」

手が止まる。

「先週、私に会いに来たあと、女の人と会っていたみたいで、そのときの録音が、クラスメイトのお父さんが勤めてる出版社に持ち込まれたんです」

彼女の発した言葉に、酔いというのは一瞬で醒《さ》めるのだな、と思った。あのときの男はたしか弁護士だった。そして宿を指定してきたのも向こうだ。千穂の苗字《みょうじ》を私は聞いていないが、昨日、下級生と一緒に撮った写真を見せてくれたとき、生徒手帳に記載されていた苗字は「岡野」だった。それほど珍しい苗字ではないので、今までまったく思い出さなかったし、あの録音は単に相手を恫喝《どうかつ》するためだけに使用されるはずだった。外部には出ないはずだったのに、何故、出版社になど持ち込まれたのだ。

「私は聞いちゃダメだって聞かせてもらえなかったんですけど、それでも、恥ずかしくて悔しくて。相手の女の人も許せなくて。だから私、一生お酒は飲まないって決めたんです」

千穂は私を見あげ、何も言えずにいる私の目を見つめる。夜の湖面のような黒い瞳には疑いの色はない。

「麻貴さんは、そんな人じゃありませんよね？」

本当にいるかどうか判らないけど、神様。私は今、なんて答えればよいのでしょう。彼女に出会わせてくれたのは、私に懺悔《ざんげ》をさせるためですか。強烈な眩暈《めまい》と共に心の中で天を仰ぎ見たのち、私は素直に答えた。

「そんな人かもしれへんのよ。私の母はホステスで、いろんな人の愛人で、私は父親が誰なのかも判らへん。そんな人の血が私には流れてるし、お金のためだけに愛してもいいひん人と結婚したような人間やから」

しかし、あなたのお父さんと寝た相手は私だ、とはどうしても言えなかった。白い布に水を溢《こぼ》したように、彼女の瞳には失望が広がってゆく。

「……綺麗な人だと思ってたのに」

彼女は肩に触れていた私の手を振り払い、制服はどこですか、と尋ねた。私が指し示したクローゼットの扉を開け、中のセーラー服を取り出すと脱衣場に向かう。二分くらいのち、再び戻ってきた千穂はきっちりと胸に白いリボンを結び、髪の毛も雑にだがおさげに結ばれていた。

「お風呂、ありがとうございました」

どういたしまして、と笑って答えようとしたが、言葉が出なかった。行かないで、行かないで、お願いもう少しその可憐な姿を愛《め》でさせて。踵を返した千穂の腕を咄嗟に摑んだら、身体を捻って大きく振り払われた。

「触らないで、穢らわしい！」

激しい拒絶に私は体勢を崩し、ぶざまな格好で床に倒れ込む。膝と肘の痛みを押して千穂を見あげると、怯えと戸惑いの混じった表情で私を見おろしていた。泣きそうな顔だ、と思った一瞬ののち、彼女は弾《はじ》かれたように玄関へと駆けていった。足音が遠くなる。やがて聞こえなくなる。

残された私は、千穂の言葉を反芻し、深く息を吸った。穢らわしい、という彼女の口から発せられた侮蔑の言葉は私を深く地獄のような場所へと突き落とす。しかし同時にそれは至上の陶酔をもたらした。背骨のあたりが未《いま》だかつてない喜びに疼《うず》く。疼きは脚の間にまで達し、指を這《は》わせれば鋭い熱が脳天を貫いた。

嗚呼神様、私は穢らわしい女です。あんな清らな娘に近付いてはならない穢れた女です。でも、ほかにどうやって生きれば良かったのか、どう生きれば正しい人になれたのか、いくら考えても判りません。神様。

予定を繰りあげて東京に帰ったら、夫が死ぬ直前だった。臨終に立ち会えたことがありがたかった。妻としての務めは果たした。

参列者が膨大な数になる知人友人のためのお別れの会は後日催し、ひとまず家族葬を行うことを、正輝が決めた。祭壇の花に囲まれた夫の遺影は、若いころの、私と結婚する前のものだった。人は老いる。いつか死ぬ。花も萎れ、いつか枯れる。切り取った花をある特定の空間で如何様《いかよう》にして「生かす」かが生け花の考えで、遺影を見ていたらそれは人も同様だと思った。

通夜が終わったあと、一馬が正輝に殴られていた。正輝は一馬の妻をも殴り倒し、硬い靴の裏で何度もその頭を足蹴にした。私は扉の隙間から彼らの様子を見ていただけだが、どうやら録音を出版社に持ち込んだのは、一馬の妻だったらしい。夫と関係を持つ私に嫉妬しての行動で、一馬が反省し、更に巌夫以外の男と関係を持った動かぬ証拠を周知することにより私がこの家から追い出されることを望んでいた。果てしなく浅はかな女だ、と私は鼻血を垂らして許しを請う女を見てなんとなく笑った。彼女はもう和久井家では「生かされない」。私は生きる。最後まで。

母を恨む気はない。むしろ美しく産んでくれたこと、こういう人間に育ててくれたことに感謝している。ただ、どうして産んだのか、を訊《き》いてみたかった。もしかして、寂しかったんじゃないだろうか。一緒に花を生け、一緒に料理をし、一緒に文字を練習した。その一連のしつけという行動の中で、自分を無条件に許してくれる理解者がほしかったんじゃないだろうか。同じく私は自分を理解してくれる友達がほしかったのかもしれない。それがたまたま、輝くように美しい千穂だった。

しかしいずれ千穂も老いる。もし私があのとき綺麗な人を演じつづけ、なんらかの形で千穂を手に入れていて、この先何十年も彼女と交流をつづけたとして、私は彼女を愛し抜くことができるだろうか、と考えたら、答えは否だった。

あの娘だっていずれ制服を脱ぎ、踝を露にし、化粧をするようになる。恋を知ったら男の話なんかもするだろう。私と同じ俗物に成り下がった千穂になど、なんの価値もない。そう気付いて愕然《がくぜん》とする。

出棺前、花に埋もれたミイラのような形相の夫の亡骸《なきがら》を見おろしていたら、何故か涙が止まらなくなった。私は、財産目当てで老人を誑《たぶら》かした穢らわしい女なのに。美しさのためならばどんな男とでも寝るふしだらな売女なのに。夫の葬儀で泣くなど許されない立場なのに。足枷《あしかせ》がなくなってせいせいしたと笑っていなければならないのに。

この足で立って、生きていかなければならないのに。

呻《うめ》き声《ごえ》に似た泣き声は誰に咎《とが》められることもなく、静まり返った部屋にしばらく響いていた。

指と首、隠れたところ

家には金魚がいる。指の先くらいの大きさだったものが、今はどれも手のひらくらいのサイズになっていて、成長する都度、水槽を買い換えたため、今彼らが住んでいる大きな水槽はみっつ目だという。

飼いはじめたときは五匹いたらしい。今は、三匹だ。あんず色の鱗《うろこ》がキラキラして綺《き》麗《れい》ならんちゅうと、黒い出目金と、元々は錦鯉《にしきごい》みたいな模様だったものの色が抜けて、青白くなったもの。ときどき卵を産むのだが、どれがメスなのか五年経《た》った今も判《わか》らない。そして卵はいくつか孵化《ふか》してもぜんぶ死ぬ。親がどれなのか判らないけれど、三匹の大きな金魚が食べてしまうから。

金魚は、独身のときから龍介《りゅうすけ》が飼っていたものだ。恋人同士だったころ、美鶴《みつる》が通った彼の狭いマンションの部屋の窓際に、その三匹の金魚は既にいた。龍介は週末になると金魚の水槽を風呂場で洗う。バシャバシャという水の音をベッドの中で聞きながら美鶴は、どうして水槽の掃除はするのに、自分の部屋の掃除はできないのだろうと思う。汚いわけではない。でも何か、どこか埃《ほこり》っぽくて雑然としている部屋は、龍介にとっては居心地が良いのかもしれないが、美鶴には居心地が悪かった。

龍介のことがとても好きだった。好きだと言って抱きしめてくれる腕と、頬に押し付けられる硬い胸と、そのとき鼻腔を掠《かす》める彼のにおいが美鶴にはどうしても必要だった。
だから、自分の居心地の良い場所を作るために、美鶴は龍介と結婚して新居を構えた。
結婚したあとも三匹の金魚は、リビングの出窓に、いる。

ありがとうございました、という甲高い舌足らずな声と共に玄関の扉が閉まる。外から入り込んできた空気が、桜の匂いを孕《はら》んでいた。あ、と思って美鶴は閉まった扉のノブを押し下げて再び扉を開け、門の外に出る。小さな女児が大きなレッスンバッグを揺らしながら走ってゆく後ろ姿が見えた。その横に連なる桜並木が、既に満開になりところどころ新緑を覗《のぞ》かせていた。

気付かなかった。もう満開を迎えていたなんて。

住宅街の上に広がる微《かす》かな夕暮れの始まりの空は広く、薄く覆う雲が淡い山吹色に波打つ。

「せんせい？」

空のどこかにいるはずの白く透き通る月を探していたら、腰のあたりから声をかけられた。

「あ、みぃくん、今日は早いね」

「はるかちゃん、帰っちゃった？」

「さっき帰っちゃったよ」

あからさまに落胆する男児に、美鶴は小さく笑った。

「先生、今日のおやつなあに？」

「お豆腐ドーナツ」

うって変わって、やったー、と喜ぶ男児の後頭部を見下ろしたあと、もう一度美鶴は空を見あげた。やはり月は見付からない。

「おやつはレッスン終わったらだよ。宿題やってきた？　ブルグミュラーの25番、できるようになった？」

「完璧！　ってママは言ってた」

男児の肩を抱き、美鶴は玄関を入る。廊下の左には防音処置を施したレッスン室、スタインウェイのグランドピアノが一台と、楽譜でいっぱいの本棚がひとつしかない。それしか入らなかったから。それくらい狭い部屋だ。

グランドピアノを目にしたときの、子供たちの顔が好きだ。住宅の事情や経済的な事情により、一般家庭では普通、グランドピアノを買わない。ヤマハやカワイのアップライトピアノがリビングの壁際に置いてある。美鶴がピアノを習い始めたときもそうだった。

男児はそっとピアノの蓋を開け、白と黒の鍵盤を眺める。彼はここに通い始めてそろそろ二年だ。ひとつ年下のはるかちゃんは、三ヵ月前にこの地域に越してきたばかりで、レッスン時間はみぃくんの一時間前。初めて彼らがすれ違ったとき、みぃくんは執拗《しつよう》にちょっかいを出してはるかちゃんの気を惹《ひ》こうとしたのだが、驚くほど育ちが良くておっとりしたはるかちゃんは、それをすべて笑顔で受け流した。大人から見ても感心するほどの完璧ないなし技だった。

「先生、はるかちゃん、今何やってるの？」

「バイエルの50番」

「くあー、だっせえ」

「そういうこと言わないの、みぃくんも二年前にはその『だっせえ』のやってたんだよ」

「俺もうバイエル終わってるしー」

男児は憎たらしい、かつ誇らしげな顔をして美鶴を見る。こういうとき、男児は可愛《かわい》いけど、子供を産むなら女がいいな、と思う。しかしこの小憎たらしい男児の奏でるピアノは、結構繊細な音を出す。鍵盤を真剣な顔で見つめる子供の指は、小さくて、折れてしまいそうだ。

人の心と指はつながっていない、と美鶴は思う。

美鶴には今、生徒が七人いる。七人目は先月入ってきたばかりだ。子供だけでなく大人も教えます、と告知をしたのが半年前。大人が楽器を習うとき、普通は大手楽器メーカーが経営しているスタジオ型の「音楽教室」に通うことが多い。個人レッスンにはほとんど来ない。それでも、この地域にピアノを通じたお友達ができたらいいな、と思って半年前にタウン誌に告知を打った。そうしたら大人が来た。

お友達には、なれなそうだけど。

「どうしたの？」

ダイニングテーブルの向かいに座っている龍介が、美鶴の前で手を振った。

「あ、ううん、食べ終わり？」

「うん、ご馳走《ちそう》様」

時刻は午前零時をすぎている。美鶴は八時くらいにひとりで夕飯を摂《と》っていた。食器を下げて流し台で水にさらしていると、龍介が尋ねた。

「お風呂は入れる？」

「うん、まだ保温消えてないと思う」

「一緒に入ろう、背中洗って」

一瞬だけ答えに詰まる。本当は先に入っていたのだが美鶴は笑顔で「うん」と答えた。脱衣所で一緒に服を脱ぎ、ふたりでバスタブに入る。龍介が胸の前で美鶴を抱え、美鶴は彼に凭《もた》れかかる形で、ゆらゆらと揺れる水面越しに見える自分の膝を見つめた。ピンク色の膝頭と、白い脚。水の中に見えるそれは自分の身体《からだ》じゃないように思える。

「あ、いや」

龍介の手のひらがうしろから両胸を摑《つか》んだのを、美鶴は反射的に拒んだ。と同時にひゅっと心臓が縮んだ。イヤがったと、思われただろうか。

しかし龍介はそれを美鶴の睦言《むつごと》と理解し、その突起を指の先で潰した。

「やめてってば」

うんと甘えた声を作って美鶴は身を捩《よじ》る。

「くすぐったい」

「くすぐったいだけじゃないでしょ?」

嫌悪しかない、と心の中の女は言う。けれど美鶴はふふふ、と笑いながら半身を捩らせ、龍介の唇にくちづける。尻の下で硬くなっているそれを、手を伸ばして撫《な》でる。触られても、触っても、脚の間は満ちてこない。ただ生温い湯の中で男の手による愛撫《あいぶ》を受けているだけだ。

目を瞑《つむ》って、他の男の手を思う。白と黒の鍵盤に、ぎこちなく頼りなく落ちる、硬そうな指先を。うつくしく切り揃《そろ》えられたその楕円の爪の先が、冷たい鍵盤ではなく自分の身体の熱いところを弾き鳴らすさまを思う。

満ちてくる。満ちると同時に、虚しさが募る。湯の中で肌が汗ばみ、触られている脚の間の感触が滑らかなものに変わる。やめて、と言いながら俯《うつむ》けば額から流れた汗が水面に落ちて小さな波紋を描く。

「ほら、濡《ぬ》れてきた」

耳を塞ぎたい。すべての穴を閉じてしまいたい。けれど、指が入ってくる。慣れたかたちの指は慣れた動作で美鶴の身体を開いてゆく。最初の痛みは蕩《とろ》けて、叫びたくなるようなもどかしさに、虚しい、と思う。

——ねえ。ほしいのは、その指じゃない。

二ヵ月前、美鶴は久しぶりに高校の友人たちの集まりに顔を出した。ぜんぶで五人、美鶴のほかは全員東京に住んでいる。結婚したのがふたり、独身がふたり。その独身のうちのひとりは既に結婚が決まっていた。

——田舎の専業主婦ってヒマじゃない？　美鶴毎日何してるの？

東京に住んでいる女たちにとって、「地方都市」は山深い田舎と大差ない。実際美鶴が住んでいる都市にはデパートもコンサートホールもあるし、大きな企業の研究施設や工場があるため税収が多く福祉も充実しているのだが、東京から出た経験のない彼女たちにとってはどうでもいいことだった。

——専業主婦じゃなくて、今はピアノの先生。

——あ、教室開いたんだ。儲《もう》かってる？

——ぼちぼち、かなあ。

儲かるとか儲からないとか、あまり関係なかった。友達もいない、夫の帰りも遅い。子供もいない。そんな状況でふさぎこんでいた美鶴に、教室を開くよう勧めたのは龍介だ。「東京で有名な聖グラシア音大出身のピアノの先生」という肩書きで、タウン誌に情報を載せたら生徒はわりとすぐに集まった。

——大変じゃない？　子供相手でしょ？

——子供、可愛いよ。キラキラ星とか弾けるようになるとすごい嬉《うれ》しそうなの。

——え、あんなの誰だってすぐに弾けるようになるでしょ。

——他人の子供の面倒とか、見るの絶対無理ー。

——厄介な親、多いもんねえ。

ピアノが弾けるようになるまでの過程を、彼女たちは皆忘れている。全員、小学校の半ばまでピアノを習い、辞めた子たちだ。

——みんな良い子たちよ？　そんなこと言わないで。

美鶴の言葉に、女たちは顔を見合わせて、苦い笑いを浮かべる。デザートナイフとフォークを持つ彼女らの爪は、宝石のように彩られていて、美鶴は思わず指先を丸めて隠した。

四年ぶりに会った友人たちとの見えない距離を充分に味わい、せっかく朝早くから特急に乗ってやってきたのに、こんなことなら来なきゃよかったと思いながら解散したあと、そのうちのひとりから「もう一軒行こうよ」と声をかけられた。最後の独身、マリアだった。

――旦那、遅いんでしょ？

――うん。お茶なら平気。

喫茶店に移動したあと、マリアはランチを食べた店をぼろくそに批判した。たいして良い食材も使ってないくせにあの値段はありえないし盛り付けもろくに勉強してない、と。学生時代から華やかで、ハッキリとものを言うタイプの子だったが、こんな悪口は言わなかったはずだ、と不思議に思っていたら、

――私も、教室やってるの、家で、料理の。

と、彼女は意味深に笑いながら言った。

――え、ズルい、なんで黙ってたの。

ひとり不当にイヤな思いをしたような気がして、美鶴はマリアを詰《なじ》った。そして思わず指先に目を走らせた。他の女たちと違って彼女だけ、地爪のままだったことに気付く。

――美鶴が賢くないいんだよ、言ったら僻《ひが》まれるに決まってるのに。

——でも、東京組は私抜きでもわりといっぱい集まってるでしょ、なんて嘘《うそ》ついてるの？

——派遣社員。

——ああー、無難。仕事内容判らない感じで。

——無難でしょ？

そしてマリアは、その教室を開いている場所が、男の所有しているマンションだと言った。

——同棲《どうせい》してるんだ？

——違う、愛人やってるの私。

驚くと同時になるほど、と美鶴はいくつかの鍵が同時に開いたのを感じた。ランチのとき、マリアはなんとなく誰が見ても居心地が悪そうだった。独身で結婚する予定もない、というのが原因だとあのとき全員が思っていただろう。違った。そして打ち明ける相手が美鶴。東京在住ではないため、簡単には秘密が漏れない。しかし、マリアは誰かにそれを打ち明けたかった。事実、愛人やってるの、と言ったあと、彼女の顔は少しすがすがしく見えた。

——軽蔑する？

——別に。マリアの人生だし。でも、ちょっと大変そうだとは思う。

――何が大変だと思う？

――……うーん、夜のお勤めとか？

美鶴の言葉にマリアはふき出し、「若い男ほど元気はないよ」と笑いながら言った。

羨ましい、と美鶴は思う。愛人という立場がではなく、夜に元気じゃない男が。龍介は三十歳を少し過ぎている。それでも彼は毎日毎晩求めてくる。付き合い始めたころは美鶴も嬉しかったし、何度でも応じられた。しかし今はもう疲れる。女の性欲が増してくるのは三十を過ぎてからだ、とどこかで聞いたことがあるが、いつその時機が訪れてくれるのか、長いこと春を待つ動物のような気持ちでいた。

マリアを囲っている人は、五十五歳だと言った。もちろん妻と、子供がふたりいる。その人には罪悪感とかないのかな、とぼんやりと美鶴は思う。マリアにはないだろうが。愛人、という毒々しい言葉とは裏腹に質素すぎるマリアの指先を見つめ、美鶴は、「お料理教室、通いたいな、私も」と言った。

――いつでも来てよ。いけすかない専業主婦しかいないけど。

――じゃあ、いけすかない専業主婦のふりして行くわ。

――そうね。ヤツら自分である程度稼げる女のことバカにしつつも羨んでるから。今日のアレで判ったでしょ。

自分である程度稼げる女、に、マリア自身のことも含まれているのだろう。この先生は愛人なんですよ、このマンションも囲い主の持ちものなんですよ。とバラしたら、いけすかない専業主婦たちはどんな顔をするかしら、と考えて、本人の前にも拘《かかわ》らず少しだけわくわくした。

そんなマリアとの再会からわずか一週間で、美鶴は再び彼女に会いたいと願うようになった。マリアじゃなくてもいいから、誰かに話を聞いてほしかった。台所仕事をしながら、掃除をしながら、洗濯物をたたみながら、ふとマリアと同じようなそっけない指先を見つめる。色もツヤもない、短く切り揃えられた丸い爪。伸ばしていると鍵盤の間に爪がひっかかることがある。

前の先生はなんだか爪をジェルだかなんだかでゴテゴテさせてて。そういう先生って信用ならないんですよねえ。その点、美鶴先生は大丈夫ね。

生徒の親の言葉で、美鶴は爪に色や細工をほどこすことを諦めた。けれど、今、美鶴はとても爪を飾りたい。ピンク色に塗ってラインストーンを埋めてマジパンでできたバラの花のようなものを載せたい。

家事を終えて手の甲にハンドクリームを丹念に擦り込み、ささくれができないよう、爪の生え際にはオイルを塗る。微かにラベンダーの匂いが漂う。飾ることができないぶん、せめて地の爪だけは綺麗にしておきたい。

午後六時に玄関のチャイムが鳴るのを、少女のような気持ちで待っていた。ピアノ部屋にはヴラニエスのディフューザーの香りが漂い、ボトルからばらばらと突き出しているバンブースティックを見るたびに、美鶴はその人の少年のような顔を思う。

——これ、最近よく見るけどなんなんですか？

たしか美鶴は「なんだと思いますか？」と答えた。なんとなく。

——来週までに調べておきます。

その人は、そう答えた。ああ、来週も、来てくれるんだ。華やいだ自分の心を悟られないよう、笑顔で見送った。次の週、きっかり六時にやってきたその人は、芳香剤だったんですね、と答えを用意してきた。それから五回、その人は美鶴のレッスンを受けにきている。今日は六回目のレッスンの日だった。

マリアに言いたい、言いたいと思っていたけれど、思いはまだ美鶴の心の中だけに留《とど》まっていた。自分の外にこの思いを出してしまったとき、色褪《いろあ》せるのではないかとか、もっと肥大してしまうのではないかとか、ぐるぐると考える。

部屋の時計の秒針が心なしか大きな音で六時を指した。チャイムが鳴る。美鶴は玄関の脇に立てかけてある全身鏡を覗き込んで髪の毛を直し、付けすぎたリップグロスを指先で拭ったあと、扉を開けた。

「こんにちは、よろしくお願いします」

ひょろりと背の高いその人ははにかんだ笑顔を見せ、言った。

「はい、どうぞ」

美鶴も笑顔を浮かべ、その人を家に招き入れる。他の部屋の扉は閉めているのに、リビングの水槽に、金魚が体当たりしている音が微かに聞こえてきた。餌はやった。美鶴は心に波打った小さな苛立《いらだ》ちを堪《こら》え、ピアノ部屋の扉を開けてその人を通す。

その人は小さいころに三年ほどピアノを習っていた。バイエルはそのときすべて終えたという。運指などは身体に染み付いており、簡単な楽譜も読めた。ただ、指が思う通りに動かない。

「練習、できました？」

鞄《かばん》を床に置いて椅子に座ったその人に、尋ねる。

「持ち運びできるキーボードを買いました。単身赴任用の寮だから、大きいものは入れられなくて。すみません」

譜面台に楽譜を広げながらその人は答える。

「買ったんですか？」

「はい、中古屋の通販で」

ならばそれほど値は張らないだろう。申し訳なく思った心が軽くなる。開いた譜面は「茶色の小瓶」だ。別にプロを目指すわけではないため、大人になってからピアノを習う人には、「自分の好きな曲」を弾かせる。一応、四回目までは簡単なソルフェージュのおさらいをし、四回目のレッスンが終わったあと、好きな曲の楽譜を用意してきてくださいと言ったら、その人が持ってきたのはスタンダードだった。

――意外です。

――そうですか。好きなんですよ。先生はお嫌いですか？

「じゃあ、できたところまで弾いてみてください」

美鶴の言葉に、その人は鍵盤の上に骨の太そうな、それでいて無駄な肉のない長い指を置く。緩やかに曲げられた指の先が鍵盤を押し下げピアノが音を奏でると同時に、美鶴の心の奥は絞られるように疼《うず》いた。大人になった男の人の手の甲がこんなにも滑らかな皮膚に覆われているものだなんて、美鶴は知らなかった。否、滑らかなのかどうかは、触ったことがないので判らない。けれど鍵盤の上に遊ぶ手と指を覆う皮膚は、よく研磨したあと上質な獣の脂を丹念に塗布した目の細かな木の表面のように鈍い光沢を湛《たた》えていた。くっきりと浮かびあがるうねりのない美しい血管の薄青い色と、その内部に組み込まれた中手骨により生まれる褐色の陰影が、運指のたび漣《さざなみ》のように僅かに移動する。生き物みたい、と思う。

その手の持ち主の左手の薬指には、地味な細い銀色の指輪が、艶消し加工を施されているというのに、禍々《まがまが》しく輝いて見えた。冷たく、痛いくらい美鶴を拒絶する。

たどたどしいピアノの音色を聴きながら、この手がどんなふうに、指輪を交わした相手に触れるのだろう、と思うと美鶴の心の奥はきりきりと締め付けられる。鈍い痛みから鋭い痛みへ。

「……先生？　どうですか？」

その人の声にはっと美鶴は、指が止まっていたことを知る。

「上手です。器用なタイプでしょう、野中《のなか》さん」

「どうしてです？」

「いくら昔三年習っていたからといっても、大人になってこんなに早く勘を取り戻せる人は稀《まれ》ですから」

「練習しましたから」

「練習っていったって、キーボード買ったのも最近でしょう。子供たちに見習わせたいです、本当に」

たしかに僕もイヤイヤ習ってましたね、と野中は笑った。

「やっぱりスタインウェイいいなあ。もっとちゃんと習っておくんだった、小さいころ」

「今からちゃんと習えばいいです」

「そうですね、ひとりだし」

　野中は鍵盤から手を離し、ピアノの縁を指先で撫でた。縦長の楕円の切り揃えられた爪は微かなカーブを描きひっかかりがなさそうで、あれが中に入ってきたら、と思うと手が汗ばんだ。

「単身赴任、なんですよね？」

「ええ」

「寂しくないですか？　ほら、地元にお友達とか、いらっしゃるでしょうし」

「いや、私、地元がないんです、父が大学教授で、転勤族だったから」

「大学教授って、転勤あるんですか」

「流浪の民みたいなもんですよ。あっちの大学にポストが空いたから来いとか、今度は違う大学でもっと良いポストで迎えるとか、そんな感じでずっと高校まで転々としてました」

「……知らなかった」

　この人もきっと、どこか心もとない、足元に地面がないような気持ちでいるのだろう。抱きしめてあげたい、と思う。

　――もう一度、弾いてみましょうか。

　気持ちを気取《けど》られぬよう、美鶴は俯いて靴下をあげるふりをして言う。

　はい、先生。

申し訳なくなるほど純粋な顔をして野中は応えた。ゴン、と、金魚が水槽に体当たりしている音が小さく聞こえてきたが、すぐにピアノの音色にかき消された。

満たされていないわけではないと思う。それなのに、どうしてその人の指を見ると身体が熱くなるのか。

唯一の大人の生徒、野中が「ありがとうございました」と頭を下げて玄関を出て行ったあと、ひとり寝室へ向かいベッドの上に寝転がって美鶴は野中の顔を思う。金魚はもう五月蠅《うるさ》くない。ときおり水の撥《は》ねる音が聞こえるだけだ。

龍介は毎晩求めてくる。気持ちよくないわけじゃない。貫かれている最中は何も考えられなくなるし、性器の抜け落ちたあとの身体は心地好い疲労に溺れて深く眠れる。なにより彼は美鶴のことを愛してくれる。けれど、野中に会ってからこちら、美鶴は龍介に愛撫されているときも、貫かれているときも、野中の顔と手を思いながらしか、できなくなった。

こんなの、欲求不満の人妻みたいで、いやだ。

自らの熱に抗《あらが》いつつも、野中の手を思い出しながら美鶴は脚の間に指を滑らせる。野中は新聞社の社員で、おそらく左遷されて単身赴任で地方支局に勤務しているという。左遷の閑職でなきゃ午後六時なんて早い時間に、会社を抜けられるわけがない。妻と子は東京にいるそうだ。あの手がどんなふうに妻に触れるのか、どんなふうに子供の頭を撫でるのか、胃がキリキリとするような想像で美鶴の脚の間は溢《あふ》れた。

　――先生。

　自分よりも年上の人間に、先生、と呼ばれる職業は少ないだろう。耳の奥に残るくすぐったいような響きの「先生」という野中の声を思い出しながら、美鶴の指は野中の指に代わり陰核を震わせた。中には、挿《い》れない。自分の指のかたちは充分知っているからだめだ。あの、野中の艶やかな指が中に入ってくることを想像し、先生と呼ばれ貫かれ、果てる。

　自分の体液に濡れた指を、洗わなきゃ、と思いつつも美鶴はそのまま眠り込んでしまった。

　一時間くらいののち、そろそろ帰る、という龍介からのメールが届いた音で目が覚めた。だるい身体を無理やり起きあがらせ、夕飯の支度に取り掛かる。テーブルにすべての皿が整ったと同時に玄関のチャイムが鳴り、美鶴は迎えに出る。

「おかえり」

「うん、ただいま」

　荷物と上着を受け取り、寝室のクローゼットに持ってゆく。龍介はリビングに向かい、いつもどおり金魚の水槽を覗き込む。

「ねえ、そろそろ水槽買い換えたら？」

「なんで？」

「体当たりしてるの。狭いんじゃないの？」

「もうこれ以上大きくなりようがないよ」

龍介は餌の瓶から小さな顆粒《かりゅう》の餌を一つまみし、水槽の蓋を開けてぱらぱらと撒《ま》いた。激しい水音と、水槽に体当たりする鈍い音があがる。生ぐさいにおいが部屋に漂った。


世間知らずのお嬢様が夢中になるタイプの男だよね。

三歳年上の龍介と付き合い始めたころ、同級生に言われた言葉だ。美鶴の生まれ育った家庭には一点の問題も曇りも欠けもなかった。父親は大企業の会社員で母親は専業主婦の核家族。美鶴はひとりっこで、特に甘やかされて育った覚えもないのだが、人には「世間知らず」「お嬢様」「天然」とよく言われていた。

龍介は、母親と父親のいない子だった。父親は小さいころに死んでおり、その後彼は虐待を受けて母親と引き離され、施設と里親の下で育った。

大学時代、龍介と付き合い始めたときに友人にそのことを話したら、「絶対にその男はやめたほうがいい」と、虐待の連鎖の話をされた。親に虐待された子供は、必ず自分の子供や配偶者に暴力を振るうのだと。

——そんなこと、しないよ。

——絶対って言い切れる？　私は美鶴を心配して言ってるんだよ？

——うん、だってすごく優しい人だもん。ありえない。

実際に龍介はとても優しかった。付き合い始めて一年経っても二年経っても、暴力は振るわなかった。毎晩求めてくるセックスも、ほかと比べようはないが優しいほうだと思う。

しかし、「子供はどうしようか」という話を、一度もしたことがなかった。美鶴は今年三十歳になる。当初は龍介との結婚を反対していた親も、最近は態度を軟化させ「そろそろ子供のことを考えたほうがいいんじゃないの？」と言ってくる。

野中の手を思い出しながら龍介に身体を愛撫されている最中、美鶴は彼の背中の傷跡に爪を立てぬよう慎重に腕を回し、ぎゅっと抱きしめた。

「どうしたの」

「ゴム、なしでしてほしいの」

「………」

顔は見えない。けれど想像はできる。美鶴が困らせるようなことを言うと、龍介は泣きそうな顔をする。その顔が怒りなのか悲しみなのか未《いま》だに判らない。密着している肌の間で、屹立《きつりつ》していたものが柔らかく解けてゆくのを感じる。

「……どうして、いきなり」

龍介の言葉に、美鶴は背中に回していた腕を弛《ゆる》めた。身体が離れる。

「いきなり、じゃないよ、ずっと考えてた」

嘘だ。野中に出会って、野中の手を思いながら龍介に抱かれるようになって、今のまだと何もかも失ってしまう気がしたからだ。野中には妻子がいる、美鶴にも龍介がいる。野中に抱かれることばかり考えてしまうのを止めるためには、何か、ほかに夢中になれるものが必要だった。それが、まだ未知の「自分の子供」だと思った。

しばらくの沈黙ののち、もう寝る、と呟《つぶや》いて龍介は背中を向けた。

こんなはずじゃなかった、とは思わないけどこんなふうになるとも思っていなかった。

美鶴が二十歳のとき二十三歳の龍介と出会った。大学生の美鶴に対し龍介は社会に出て五年目だった。アルバイトの経験があったほうがいい、という親の勧めで始めた、腰掛OLみたいな企業事務（お茶《ちゃ》汲み）のアルバイト先の、出入りの業者が龍介だった。派手なつなぎに身を包んで自動販売機に缶の補充をしている男は、美鶴にとっては異世界の住人だった。

どちらかといえば、美鶴の一目ぼれだった。が、龍介も一目見たときから美鶴を可愛《かわい》いと思っていたという。アルバイトを始めて半年で付き合い始め、美鶴が大学を卒業するころには、彼は配送から本部へ転属になっていた。そしてエリアマネージャーとしての転勤を機に結婚した。転勤と言っても本社からは十五年は戻れないと言われている。だから、美鶴の実家からの援助も受けてこの地方に家を買った。

子供の生徒たちが来るたび、子供がほしい、子供はいらない、そういうジャッジをするようになっていた。可愛らしい面を見たら子供がほしいと思う。憎たらしい面を見たら子供などいらないと思う。街中でも同じだ。母親と仲良さそうに笑いあっている子供は、ほしい。けれど泣き叫んで床を転げまわっている子供は、いらない。

今は、どっちでもいいから、この家に龍介と自分以外の何者かがほしかった。

このままだと美鶴は野中のことしか考えられなくなる。野中の手を思い出すだけで身体が熱くなる。触れたこともないのにその手は一日中美鶴を苛《さいな》む。耐えられない。

ねえ、と背中に呼びかけてみるが、龍介はもう寝息を立てていた。

野中はある日、祖父の話をした。彼の祖父は船乗りだったそうだ。小さいころ、彼の家には外国から届いた手紙がたくさんあった。ヨーロッパの各地から届く葉書たちを眺め、外国に思いを馳《は》せた幼い子供のころ。学生になってからは、金を貯《た》めてはひとりでその軌跡を辿《たど》ったという。カッパドキアの灼熱《しゃくねつ》の空と乾いた大地の話。カルタゴから望む果てしない海。夜の空に響く胸の痛くなるようなファドの音色。野中の話は美鶴を遥《はる》か海の向こうへ連れてゆく。どれくらい遠いのか判らないけれど、それはとても遠い。

――たぶん、ひとりで知らない土地にいるのが平気なのって遺伝でしょうね。

――そういうのって、遺伝するのかしら。

――先生の親御さんは？

――普通の会社員です、東京の。

答えながら、日本から出たことのない自分が恥ずかしくなった。

六回目のレッスンのあとの一週間は、七回目のレッスンの日が来るのを待つだけの日々になった。七回目のレッスンのあとの一週間は、八回目のレッスンの日が来るのを待つだけの日々だった。子供たちのレッスンにも真剣に取り組めず、頭と身体がおかしくなりそうだった。八回目のレッスンのあと、とうとう張り詰めていたものが切れた。

「どうしたの、珍しい」

と、電話を受けたマリアは不思議そうな声で応対した。

「うん、あのね、お料理教室に一度、行きたいなって思って」

「えー、来て来て嬉しい」

うって変わって華やいだ声でマリアは答えた。一番近い日は二日後だった。お友達割引など存在せず、普通に授業料を一万円支払わなければならないらしい。そりゃ華やいだ声になるよな、と思うが、そもそも愛人のマリアにこれ以上のお金は必要なのだろうか。釈然としない気持ちのまま、夜、食事を終えたあと龍介に外出の許可を取るために話をした。

「このあいだも東京行ったばっかりだろ」

「そうなんだけど、お友達がお料理教室やってて、行きたいの」

「俺は美鶴の料理に満足してるけど、必要あるの？」

「今のままじゃレパートリー増えないし、あなたが帰ってくる時間までには帰ってくるし、ちゃんとご飯も作るよ？」

龍介はしばらくの沈黙ののち、「好きにしたら」と言った。美鶴は許可されたと判断し、二日後の朝、龍介を送り出したあと東京行きの特急に乗った。一時間と少しで、町並みは都会へと変わる。青山にあるというそのマンションに地図を頼りに辿り着き、オートロックの部屋番号を押し、名前を告げて中に入った。

午前十一時の開始に対し、美鶴は三十分も前に着いてしまった。通された部屋は美鶴の家のリビングの二倍ほどの広さで、部屋の真ん中に、学校の「家庭科室」の調理台のような磨きあげられたキッチンと、その横には六人がけの白いダイニングテーブルが配置されていた。今日は美鶴を含めて五人の主婦が来るという。まだ誰も来ていなかったので美鶴はマリアを手伝った。食材を言われたとおりに並べ、まな板や包丁などの調理器具を並べる。ダイニングテーブルにはランチョンマットを敷き、カトラリーを配置した。

こんなに本格的な料理教室だとは思っておらず、若干怖気《おじけ》づいた。美鶴のほかに来るのは間違いなく東京の、この近くに住むお金持ちの主婦たちだ。都市機能はあるにしても北関東の田舎から出てきた美鶴は場違いに思える。

そのうち、生徒がぞろぞろとやってきた。思っていたよりも皆地味で、ほっとする。しかし持っているものも着ているものも高そうだった。

「あら先生、今日はフォアグラなのね」

「火加減うまく調節できるかしら」

顔見知りらしい四人は、エプロンを身に着けながら今日のメニューを見て嬉しそうに言う。そのあと初めて美鶴に気付き、ひとりが華やかな笑顔を向けた。

「はじめての方よね？　こんにちは、野中です」

「…………」

別に、珍しい苗字《みようじ》でもないし。けれど声が出ずに思わずマリアに縋《すが》った。マリアは一瞬躊躇《ためら》ったがすぐに笑顔を作り、応えた。

「ごめんなさいね野中さん、この子すごい人見知りで。私の高校の同級生なんです」

「まあ女子学館の、じゃあ私の義母の後輩にもなるのね」

野中と名乗ったほうではない別の女が、笑った瞳の奥で値踏みするように美鶴を見た。美鶴は一息ついたあと、ぎこちなくだが笑顔を作った。

「……すみません。はじめまして高梨《たかなし》です」

「私と違って、お嬢様で。聖グラシアの音楽科出てるんですよ」

「何言ってるの、マリア先生だってお嬢様でしょ、こんな立派なマンション、親御さんが買ってくださってるんじゃないの」

「そのせいで、もう齧《かじ》る脛《すね》がないんです。だから稼がせていただきますよ？」

いやだもう、羨ましいわよねえ、と女たちは笑いながら頷《うなず》きあった。嘘つき、と言いそうになるのを抑え、美鶴は野中と名乗った女を見た。髪の毛は少しだけ茶色く染めてあるボブで、顔はそこそこ美しく年齢不詳の類《たぐい》だがそれほど歳《とし》を取ってはいないように見える。ゆったりとした山吹色の光沢のあるシャツブラウスに生成りのスキニーというカジュアルな服装で、左手の薬指には指輪があった。

じゃあ、始めましょうか。というマリアの一言で、生まれて初めての「料理教室」が幕を開ける。その日のレシピは、帆立のサラダバルサミコソース仕立て、合鴨《あいがも》とフォアグラのロールキャベツ、生クリームとミントのソルベ、だった。帆立もフォアグラも高価なため美鶴の家の食卓には並んだことがない。外で食べるものだと思っていた。マルサラ酒でマリネしてあるフォアグラとひき肉を丸めてキャベツに包む作業は、美鶴が一番うまかった。というよりも他の四人は端《はな》から「できなーい」と言ってマリアにやらせていた。

始まってみればそれは、料理教室、というよりも、料理をしている先生を輪になって眺めながらお喋《しゃべ》りをする場、だった。子供の習い事の発表会の話、最近できた新しい美容皮膚科の話、○○先生の講演会の話、歌舞伎役者の襲名公演の話、海外のスパの話。美鶴には何もかも縁がない。でもマリアはその話題の、二番目くらいの中心で、手を動かしながら会話に参加していた。

なんだろう、これ。居心地の悪さはどんどん増してゆく。そこに止《とど》めを刺したのが、野中と名乗った女の言葉だった。

「発表会っていえば、そういえばうちの主人、ピアノ習い始めたらしいのよね」

「えっ、今頃?」

美鶴は野中の指の先を見つめたまま、動けなくなった。

「若くて美人の先生でも見つけたんじゃないの?」

「いやだ、単身赴任中の浮気なんて、陳腐すぎて笑っちゃう」

空調の効いている部屋の中、脇の下に汗がふき出す。間違いない、この女は、野中の妻だ。心臓が痛いくらいに速く打つ。隣のマリアが変調を察し、「大丈夫?」と尋ねてきた。

「休んでおく?」

「……うん」

あとは煮込むだけ、という段階だったので、マリアは美鶴の肩に手を添えてその場を離れ、違う部屋へと連れていった。ソファとクローゼットと全身鏡しかない部屋だった。

「大丈夫？　疲れちゃった？」

ソファに座るよう促され、言われるまま腰掛けるが、堪《たま》らずに美鶴はマリアの手を摑んで尋ねた。

「ねえマリア、あの人、いつも来てるの？」

「え、どの人？　野中さん？」

「うん、何をしてる人なの、どんな人なの？」

「ええと、旦那さんは新聞社に勤めてて、子供は中学生の娘がひとり、だった気がする。出身は文京区で、実家の近くに家建てて住んでるって聞いたけど」

怪訝《けげん》な顔をして答えつつも、なんで？　とは訊《き》かれなかった。

部屋には淡い薔薇《ばら》の香りが漂う。マリアが出て行ってひとり残されたあと、美鶴は野中の妻の顔を思い出そうとした。眦《まなじり》に刻まれた皺《しわ》はなかったか。唇脇が溝になって白粉《おしろい》が溜《た》まっていなかったか。首の皮膚はたるんでいなかったか。自分のほうが若い。自分のほうがきっと美しい。子供を産んでいないぶん、身体もきっと綺麗なはずだと思う。けれど、野中は、あの女のものなのだ。あの手が触れるのは、あの女だけ。

マリアに野中のことを話し、龍介しか知らない自分がどうすれば良いのか助言をもらおうと思っていた。そのために東京まで来たのに、彼女がマリアの生徒である限り、迂《う》闊《かつ》な話はできない。野中の妻の身上をあっけなく明かしたマリアが、自分の噂話《うわさばなし》をしないとは限らない。

せっかく作ったのに、料理は喉を通らなかった。一万円を支払って美鶴は料理とレシピのプリントアウトを持ち帰った。龍介の夕食にと出してみたが、生ぐさい、と言って彼は口をつけなかった。

野中の指が鍵盤を躍る。春は夏になり、北関東でも冷房を入れないと過ごせなくなってくる。桜の季節を思いながら美鶴は彼の指を見つめる。

——あの人のどこが好きなんですか?

心の中で、何度も問うた。たどたどしく「ララバイ・オブ・バードランド」を弾き終え、瞳の表面に少しの不安と少しの期待を滲《にじ》ませ美鶴を見あげる野中に、美鶴はすべての気持ちを押し殺して微笑《ほほえ》み返す。ごめん、聴いてなかったの。でも、「すごく上手になりました」と答えると野中は少年のような笑顔になった。

もう、そんな顔をしないで。そんな顔を私に見せないで、他の女のもののくせに。胸中に押し寄せる黒くて重い波に呑《の》まれ、美鶴はピアノの縁に軽くかけられた野中の右手を取ると鍵盤の上に載せた。

「ここの、ラーララーラーのところ、フォルテッシモなのでもっと強く」

そして、これくらい、と思い切り彼の手を鍵盤に押し付けた。不愉快な不協和音が響くと同時に、美鶴の手のひらの下で、硬くて乾いた手の甲にいくつもの細い骨が隆起した。

部屋から、不協和音の残滓《ざんし》がなかなか消えなかった。沈黙が何を生むのか、美鶴は息を殺して待った。呼吸をしたら崩れてしまいそうだった。心臓が痛い。やがて訪れた沈黙の中、野中の低い声が聞こえた。

「……子供のときも、こうやって叱られたな」

「そう」

顔は熱いのに手のひらだけは冷えてゆく。

「手、冷たいですね先生」

「…………」

野中は美鶴の手を取り、両手で包んだ。判ってやっているのか、美鶴はされるがままに彼の手に自分の手を委ねる。嗚呼《ああ》、お願いだから、黙らないで。己のしでかしたことなのに美鶴は今、消えてなくなりたい。

「……綺麗な手をしてたから」

血を吐くような思いで、やっと絞り出した声が紡いだ言葉はそれだった。

「先生の手のほうが綺麗ですよ」

野中はそう言って、自らの口元に美鶴の手を導き、小さな音を立てて指先にくちづけた。あ、と漏れ出そうになった声を呑み込む。柔らかく湿った唇は冷たく、それなのに人差し指と中指の先は、痺《しび》れを伴う熱いやきごてを押し付けられたような痛みを訴えた。

「離して」

「離してほしいですか」

「…………」

沈黙に、椅子を動かす音がずず、と響く。立ちあがった野中は大きくて、その胸は広くて、白いシャツからは微かに彼のにおい、でも不快ではなくむしろ心を粉々に乱すにおいが漂ってくる。

美鶴の手を掴んでいた手が離れる。そして同じ手の、甲が美鶴の頬を撫でた。背中が撓《しな》るような疼きが脚の間までを駆け抜ける。

「先生」

「ごめんなさい」

「どうして謝るんですか」

「だって、私」

自ら望んだことなのに、この期に及んで夫がいるからやめて、と言うのか。

野中は白いシャツの首元、一番上のボタンを指先で外し、鈍い光沢を放つネイビーの細いネクタイをきゅっと緩めた。刹那濃厚な、汗とも体臭とも石鹸《せっけん》の残り香とも判らないにおいが押し寄せてきた。そのにおいは美鶴の身体の奥を痛いほど掻《か》き乱して蕩かす。

——抗えない。そしてたぶん、抗う必要もないだろう。

野中の指が美鶴の頬を撫でる。リビングで金魚が水槽に体当たりしている音が聞こえる。野中の指が美鶴の顎を摑む。金魚が、暴れている。

「ん……」

唇を塞いだ野中の唇は柔らかく、歯をこじ開けて舌が入ってきたとき美鶴はあっけなく堕《お》ちた。

部屋の端に押しやられ、冷たい壁を背中に感じながら、夢中で野中の背に腕を回して縋った。彼の妻の顔が脳裏に浮かぶ。野中の舌は執拗に美鶴の口腔を舐《ねぶ》り、美鶴も応じ音を立てて舌を絡める。ねえあなたの夫、今私にくちづけているわよ。こんなに激しくくちづけているわよ。

そのうちに、野中は服の上から美鶴の胸のあたりを探り始めた。大きな手に乳房を摑まれ、絞られ、最後に一番敏感なところを指と指のあいだに捉えられる。

「あうっ」

美鶴の鋭く甘い声に答えを得た手は、小さく硬く尖《とが》ったところを指先に捉え、摘《つま》んで軽く引っ張った。何度も何度も繰り返され弾《はじ》かれた乳房が震え、耐えられなくなり美鶴は野中の脚のあいだに自分の脚をねじ込んで、熱く痺れるように疼くところを強く押し付けた。野中のそこも硬く膨らんでいるのがわき腹のあたりで窺《うかが》える。

「先生、欲しいんですか」

「……………」

欲しいんでしょ、と、野中は耳元で低く囁《ささや》いて美鶴の手を摑み、自分の脚のあいだに導いた。スラックスの布越しに押し付けられたそこは、思っていたよりもずっと硬く、美鶴の手の下で生き物のように脈打つ。

「ほ……ほしいです」

思わず声が漏れた。しかし野中は意地悪く微笑み、ふたたびくちづけると言った。

「まだあげませんよ、先生。だめです」

ベルトを外す音のあと、ジッパーを下げる音がつづいた。野中はボクサーパンツを降ろし、中から美鶴が今一番ほしいものを取り出して、言った。

「先生のその口で、ここに」

「い、イヤよ」

「欲しいんでしょう。してくれなきゃこのまま帰りますよ」

ほら、と再びそこに手を導かれ、握らされた。滑らかな皮膚に覆われたそれは、龍介のものより大きく太く、重かった。イヤなのに、イヤなのに。美鶴の心は激しく乱れる。何かの魔法にかけられたように美鶴は腰を落として膝を突き、目の前に突き出されたものを両手で摑み、舌を這《は》わせた。そして頬張った。小さな穴からねばねばとした塩辛い液体が溢れてくる。顔を前後するたび唾液に混じって音を立てる。

「ああ。いやらしい、先生、そんなに欲しいんですか」

野中が美鶴の頭を摑んで髪の中に指を潜《くぐ》らせる。その手はじんわりと温かい。欲しいの、たまらなく欲しいの。答えたいのに中に野中がいるから声が出せない。う、とか、ぐ、とかそんな小さな呻《うめ》き声《ごえ》をあげながら舐《な》めさすっていたら、やがて強く頭を摑まれて引き抜かれた。脇の下に手を突っ込まれて立たされる。野中は美鶴のスカートをまくりあげ、乱暴に思えるほど強く下着の中に指を滑らせた。

「ぐちゃぐちゃじゃないですか」

「いや、言わないで」

指が、中に入ってくる。作り物のように美しくいやらしい指が美鶴の中を掻き回し、美鶴はただ喘《あえ》ぐことしかできない。この快楽は、指に与えられるものではなく焦がれていた指が今自分を犯しているというその事実において。一本から二本に増えた指は美鶴の身体を押し開き、滴らせる。あ、あ、と短い声をあげながら美鶴は野中の身体に縋る。鎖骨の下の窪《くぼ》みに顔を押し付け深く息を吸うとくらくらと眩暈《めまい》がした。なんていいにおいの男だろう。

美鶴の中がどろどろに解《ほぐ》れたのを感じ取ったのか、野中は指を引き抜いた。いやだまだ入れていて、と抗議する間もなく、野中は自分のシャツからネクタイを引き抜き、美鶴の口にそれを咥《くわ》えさせ、頭のうしろで縛った。

「っんぅー……」

「防音でしょうけど、外に声聞こえたら困るでしょう、ねえ先生」

そう言って野中は美鶴の身体を抱き、冷たいピアノに覆い被せた。こんなに冷たいのに、身体の火照りは増すばかりだ。

野中の重々しいものが中に押し入ってくる。美鶴は声にならない声をあげ、ピアノの縁に強く、折れそうなくらい爪を立てる。

幻聴が聞こえる。ふたりぶんの吐息が嵐のような音を立てるその中に、聞こえるはずもないのに金魚が暴れている音が聞こえた。水の音、水槽に体当たりする音、ヒラヒラした破れそうな薄い尾を鞭《むち》のように振るわせて水槽から飛び出そうとする。しかし蓋に阻まれる。ごぉん、ごぉん、と、もがく音はどんどん大きくなる。

「あっ……ううう……」

野中の覆い被さっている背中が、火をつけられたみたいに熱い。手首を掴まれ胸を掴まれ濃厚さを増す野中のにおいに包まれ、美鶴は今が終わらなければ良いと祈る。私がほしかったのはこの男の指。この男の身体。それが今私の中にある。なのに、この不安な気持ちはなんだろう。どこもかしこも熱いのに身体の小さなところが急激に冷たくなってゆく。終わらないでと祈る。終わったら、終わってしまう。きっと何もかもが。

背後で男は、先生、と切なそうな声で美鶴を呼ぶ。先生、気持ち良いですか先生。気持ち良いけど、怖い。美鶴は呻き歯を食いしばる。嚙《か》み締めたネクタイは唾液でぐしょぐしょになっていた。

終わらないで。けれど終わりは来る。

身体の中に一際大きなうねりが訪れ、美鶴は絶望に目を瞑った。


ぬるいシャワーを当てながら白濁したどろどろを指で掻き出した。さっきまで野中がここを触っていた。ここ以外のところも触っていた。夢だったんじゃないかと思う。何度も繰り返していたら指の先が赤く染まった。即座に今日が何日だったのかを考え、生理の始まる予定日だったことを思い出す。これなら妊娠の心配はない。

帰宅した龍介には生理だからできないと伝え、早々に美鶴はベッドに入った。

夫以外の男と関係を持った痕跡は、朝になったらあっけなく消えていた。重い下っ腹に力を入れて痛みを堪えながら朝食を作って龍介を送り出したあと、生徒たちがやってくる時間まで美鶴は再びベッドの中で過ごした。うつらうつらしては目を覚まし、また眠りに落ちそうになると金魚の幻聴で目が覚める。

朦朧《もうろう》としながら枕元の携帯電話を取り、マリアに電話をかけた。ざわざわとした喧騒を背後に、華やかなマリアの声が聞こえる。

「どうしたの、あ、こないだの料理、ご主人喜んでくれた？」

「うん、ありがとう。あのねマリア」

「なあに？」

「私、野中さんのご主人と、セックスしたの」

自分の声が知らない人の声みたいに思える。電話の向こうからは「えー？」という笑いを含んだ声が聞こえてきた。

「だからあんなに野中さんのこと気にしてたの？　私の教室に来てること知ってたの？」

「ううん、知らなかった。本当に偶然なの」

「すごい偶然だけど、なんで野中さんのご主人なの。あんなにうだつのあがらなさそうな、つまらない普通のおじさん」

マリアの言葉は刃《やいば》になって美鶴の額のあたりに突き刺さった。一瞬息が止まる。あの人が、あの美しい手を持つ人が、つまらないおじさん？

「……なら、マリアを養ってる人は、うだつのあがるおもしろい人なの？」

マリアは少しのあいだ黙り込んだ。そしてすぐあとに「やだぁ」と言って笑った。

「少なくとも野中さんちよりはお金持ちだし、話題も豊富で楽しいわよ」

「私のことも、そうやって自分と比較してるのね」

「は？」

「私のこと、バカにしてるんでしょ。音大出たのに高卒の男と結婚して東京離れてつまらない生活してる専業主婦だって、バカにしてるんでしょ。しかも不倫相手もつまらない普通のおじさんだって、心の中で笑ってるんでしょ」

何もかも、終わる。自分の中にいた、他人の言葉がすべてを壊す。

「そんなこと考えてたの？」

「マリアはきっとほかの子たちのこともバカにしてるわよね。自分は他人と違うものね。つまらない主婦なんかじゃなくてお金持ちで話題の豊富な楽しい男の愛人だものね」

「バカになんてしてないし、どちらかというとあんたのことなんかどうでもいい。不愉快だから切るわね。さよなら」

ブツンと音を立てて通話が切れた。通話終了ボタンを押し、美鶴はうるさいほどの沈黙の中、電話を布団の向こうに放り投げる。笑いたいのに腹が痛くて、唇から漏れたのは細切れの吐息だけだった。

何者かになりたかった。それだけだった。人と違うと思われたかった。集団に埋もれながら「良い子」として生きてきた美鶴には特別なことが何もなかった。何か特別なことがほしくてもがいた結果、手に入れた男は「なんのステータスも持たない」というシンプルな人生がステータスである龍介だった。良い大学を出て良い会社に入った、何かたくさんラベルを貼りつけたような男を伴侶とした女たちと自分は少し違うのだと、誰かに思われたかった。

たしかに違った。けれど別の方向に違うと思われた。龍介に望んでいた生活は、これじゃない。こんな退屈なものであってはいけなかった。こんな片田舎の主婦になりたかったわけじゃないのに。毎日可愛くもない他人の子供のヘタクソなピアノを聴かされ、生活と情熱のすべてがわが子に向けられているどこか頭のおかしいような母親の話を笑顔で聞き、優雅さの欠片《かけら》もないスーパーで食材を買って、旦那の帰りを待って毎日セックスさせられる。

マリアの料理教室に来ていた女たち、あの華やかな女たちにはきっと美鶴の気持ちは判らない。あの場で押し殺していた感情が嫉妬と悲しみであったことに初めて美鶴は気付く。

自分だけの特別なことがほしかった。野中は美鶴にとっての特別だった。妻帯者の男に欲情しセックスすること。それがどれほど美鶴にとって特別だったか、マリアなら判ってくれるかもしれないと思った自分が果てしなくバカに思える。否、紛れもなくバカだ。

どうして、私は今、こんなところにいるの。

キリキリとした胃の痛みと共に三時間くらい寝た。口の中が酸っぱくて起きた。あと十五分で生徒が来る時間になっていた。歯を磨き身なりを整え、お菓子を用意したらチャイムが鳴った。ドアを開けにゆく。

「いらっしゃい、はるかちゃん」

「こんにちは、先生」

可愛いと思い込んでいた女児は今はただの他人の子。それでも笑顔を作って部屋に迎え入れ、指慣らしをさせようとピアノの蓋を開いたら、女児は美鶴を見あげ、言った。

「ねえ先生、美鶴先生のゴシュジンウワキシテルッテナニ？」

「……え？　なに？」

「みいくんのママとうちのママが喋ってたの。美鶴先生のゴシュジンウワキシテルって」

子供の舌足らずな言葉を頭の中で組み立てなおし、背筋が寒くなった。

「……美鶴先生が浮気してるじゃなくて、ご主人浮気してる、だったの？」

「うん、ゴシュジン」

それから一時間、何を教えたのか憶《おぼ》えていなかった。扉が閉まったあと、玄関に膝をつく。浮気をしたのは私のはずだ。しかも昨日。野中が言い触らしたりしなければ、それがあの子の母親に知られるわけがない。ゴシュジン、とたしかに言った。

数分後、チャイムが鳴った。せんせー開けてー、という男児の声が耳障りで美鶴は乱暴にドアを開ける。

「みいくん、ご近所迷惑だからあんまり大きな声を出さないで」

「うおー、先生おっかねえ。ゴシュジンニウワキサレタカラ？」

思わず手を振りあげたが、留まった。ひいっ、という男児の叫び声。叩いてないのに男児は怯《おび》えた表情で美鶴を見あげる。

「ご、ごめんね、みいくん」

慌てて膝をついて謝るが、男児は後ずさり、意味の判らない叫び声をあげながら扉の外に駆け出していった。

腹が痛い。頭も痛い。追いかける気力もない。きっと彼は母親に「何もしてないのに美鶴先生に叩かれた」などと言って泣きつくだろう。そして母親はすごい剣幕で美鶴を詰《なじ》るだろう。子供にピアノやバレエを習わせる親の神経はどこかおかしい。そのおかしさは自分の親を見てきたから知り尽くしている。発表会で間違えたとき、コンクールで入賞できなかったとき、自分の娘がピアニストとして生きていけるほどの実力がないと知ったとき。狂った人みたいに取り乱す母親を見て心を縮ませていた。ごめんなさい、と謝りながら、特別な何かになりたいと痛いほど祈った。

昨日の私は、特別だった。それなのに。

予想に反して、男児の親は怒鳴り込んでこなかった。夕飯の支度を放棄して寝ていたら、十時すぎに龍介が帰宅した。一度、足音はリビングへ向かった。そして二階へあがってきた。

「まだ寝てるの？　メシは？」

「………」

「起きて、腹減ったから」

糸を弾くような微かな音を立てて蛍光灯が灯る。美鶴は布団から出ずに低く言った。

「食べてこなかったの？」

「食べてないよ」

「食べさせてくれる人と浮気してきてくれる？」

「は？　何言ってるんだよ」

その声に、微かな怒りは感じるものの、動揺は窺えなかった。がんがんと痛む頭を持ちあげ、美鶴は龍介を見る。

「生徒さんたちの親のあいだで、あなたが浮気してるって噂になってる」

「誰が言ったんだよ、俺はずっと仕事してたよ」

「じゃあ携帯電話見せて」

龍介は眉間に皺を寄せ、やだよ、と言った。

「何もないなら見せられるでしょ」

「……もういい、そんな女だと思わなかった」
龍介は荒々しい足音を立て部屋を出て階段を下る。出てゆくのかな、と思ったが足音は浴室のほうに消えてゆき、しばらくののち外から給湯器の動く音が聞こえてきた。美美鶴はベッドを出て、手摺《てすり》に縋りながらふらつく脚で階段を下った。リビングで金魚が暴れている。餌を与えていないことに気付く。しかし美鶴は浴室に向かい、扉を開けた。

泡まみれで不愉快そうにこちらを見る龍介の前でスカートを脱ぎ、下着をおろした。ナプキンと股間のあいだにどろりとした赤い糸が垂れる。

「なに」
「また無駄になったの、ねえ」
「やめろよそういうの」
「私の何が不満なの、ほかの女とセックスするくらいなら私としなきゃいいじゃないの、なんですするのよ、なんで無駄なことするのよ」
刹那、頬に鋭い痛みを感じ、肩と頭が壁に打ち付けられた。ヒッ、という声が漏れ、次の瞬間それは悲鳴に変わった。あああああぁぁぁぁ。浴室に響く声は高く、生温い空気を裂く。

龍介はそんな妻を、泣きそうな顔をして見下ろしていた。泣きたいのは私なのに。浮気をしたのも、私なのに。立ちあがり、美鶴は浴室を出る。ごぉん、ごぉん、と警鐘のように鳴り響く音は、リビングに近付くにつれ大きくなった。三匹の金魚が水の中で暴れている。元々朱色と黒と白の三色だった、今は青白い金魚が他の二匹に体当たりをし、血塗《ちまみ》れになっていた。よく見ると尾も背びれも破けている。みすぼらしい青白い金魚。こんなの金魚じゃない、ただの死にかけた名もない魚だ。

「美鶴、やめろ！」

水槽の蓋を開け、手を突っ込んで青白い魚を摑み出そうとしていた。龍介が水浸しのまま血相を変えて美鶴の手を摑む。

「狭いのよこの水槽じゃ！　どうして買い換えないの⁉　こんな傷だらけになってるのにどうしてもっと広い水槽を買ってあげないの⁉」

「俺だって耐えてるんだよ！」

「何を⁉」

龍介は手を離して床に膝をついた。石鹼の混じった白っぽい水がフローリングの床にぽたぽたと垂れる。

「おまえ、どうして俺と結婚したの」

「………」

好きだから、とたぶん一昨日《おととい》までなら答えられた。今、美鶴は声が出ない。

「結婚したらどうにかなると思ってた。毎日抱いてたらどうにかなるって。でも、無理だった。おまえといても休まらない、息が詰まる」

「……だから、心休まるような安っぽい女と浮気したの？」

今度は龍介が黙り込む。見下ろした頭頂部が、少し薄くなっていた。いとしいと思えなくなったのはいつからなのだろう。胸を掻き毟《むし》られる思いで美鶴は、水槽の縁に手をかけた。今これを思い切り引っ張れば、すべてが終わる。

「ごめん」

小さく短いその言葉がスイッチになった。美鶴は力を込めて水槽を引っ張った。ゆっくりと、水が、滝のように零れ落ちる。外れた濾過《ろか》装置が宙を舞い、底に敷いていた砂利がくろぐろとした吐瀉物《としゃぶつ》のように撒き散らされる。

「あぁぁあぁぁ!!」

汚れた沼みたいな水浸しの床の上で、三匹の金魚は飛び跳ねながらもがく。悲鳴をあげる龍介が掬《すく》おうとしてもそれは手のひらから逃げる。そして床の上でぶざまにもがく。

私は、特別になりたかった。こんなところに、いたくなかった。美鶴はカーテンを開け、窓を開けた。そして龍介が取り逃した青白い魚を、両手で掴んだ。

「美鶴！　やめてくれ！」

「こんなところにいたくないよね？　もう傷つきたくないよね？」

　そう言って、美鶴は窓の外にそれを力いっぱい放り投げた。鱗を鬼火のように光らせて、夜の闇に金魚は消える。遠くで犬の鳴き声が聞こえる。振り向くと龍介はひいひい言いながら土下座のような格好で、ほかの二匹を腕の中に囲い込んでいた。

「ねえ、そのままにしておいても死ぬよ？」

「おまえが死ね」

「ねえ、本当は私も浮気したの」

　そのとき美鶴は笑っていた。顔をあげた龍介の目は見たこともないくらい赤く血走っていて、ますますおかしくなって美鶴は声をあげて笑った。

「おまえが死ね、売女《ばいた》!!」

　窓際に押し付けられ、龍介の指が首にかかる。水に濡れたその指は冷たく生ぐさく不快で、美鶴は昨日自分を愛撫した、乾いた美しい指を思う。

　――あの指に殺されたなら、本望なのに。

　首を、腕を、脚を、あの手と指に千切られてバラバラにされて、そんな死に方なら本望なのに。首を絞められると同時に脚のあいだから経血の塊が零《こぼ》れ出て、ぽたりと床に落ちた。

龍介の荒い息と啜《すす》り泣きの中に、金魚が床で跳ねている音が混じる。不協和音、リズムもない、ヘタクソな誰かのピアノ。私だったらもっと上手《うま》く弾ける。私だったらもっと、本当はもっと、美しく奏でられたはずなのに。

華やかに着飾った女たちがゆきかう水の中で、美鶴も彼女らに倣って泳いでいる。でも水の中は狭くて、苦しい。

どうしてもっと上手に弾けないの?

どうしてあの子よりも下手なの?

こんなに練習してるのに、どうして賞が獲《と》れないの?

自分が一番知りたいことを訊かれたって何も答えられない。身体《から》を搦め捕《と》る腕から逃げようとしても見えない壁に阻まれる。何度体当たりしても、壁は厚くて硬くて、どうしても逃げられない。出たいよ、出して。お願いだからここから出して。

男の吐息、水の音、子供の泣き声、泣いている子供が奏でる子犬のワルツ。

夜よりも黒い闇の中に、やがてすべての音は消えた。

ろくでなし

人生の転機というのは意外と簡単に訪れる。その転機が転落になる可能性も秘めて。店の前を箒《ほうき》で掃いていると砂埃《すなぼこり》があがる。夏場は膝のあたりまでしかあがってこなかったのに、冬場になると顔のあたりまであがってくる。静電気のせいだろうか。だとしたら冬場のほうが着物は汚れる。

仕舞いの打ち水を終え、軒先に暖簾《のれん》をかける。引き戸を開けて暖かい店に入ったとたん、良い匂いがふわふわした優しい波のように満ちる。カウンターの中で百合子《ゆりこ》さんが「紗枝《さえ》ちゃん、貸切の札出しといて」と言った。

「えっ、今日って宴会入ってましたっけ？」

私が尋ねると、違う違う、と百合子さんは首を振った。

「但馬《たじま》さんが来るの。さっき電話があった」

「ああ……。嬉《うれ》しいですね」

「そうねえ」

曖昧に微笑《ほほえ》む百合子さんは、カウンターの中で煮込み料理の味見をしている。私は桶《おけ》とひしゃくを店の奥に仕舞い、再び外に出て戸の横にかかっている札を「準備中」から「貸切」に付け替えた。

「ねえさん、帯解けてるよ」

寒くて硬くなった手に息を吹きかけていたら、うしろから男の声が聞こえた。

「えっ、うそ」

思わずその声の主を探すよりも身を捩《よじ》って背中を確認する。確かに、さっき結んだばかりの帯はだらしなく解けていた。

「おまえは、そういう無粋なことすんな。黙っときゃ百合ちゃんが教えるだろうよ」

顔をあげて目に飛び込んできたのは、但馬さんの大きな身体《からだ》と大きな顔だった。そしてその横には、見たことのない男が立っていた。但馬さんよりも背が高く、目つきの鋭いがっしりとした体格の男だ。

「すんません、余計なことを」

「ごめんな紗枝ちゃん。あとでどついとくから。入って大丈夫かい」

「はい、どうぞ」

私は背中の帯を押さえながら、戸を開ける。暖簾を分けてふたりの男が入ってゆくと、百合子さんの華やいだ声が聞こえた。私は大きな男の背中を見つめ、そこに残った微《かす》かなにおいを、目を瞑《つむ》って吸い込んだ。

但馬さんが店に来るのはふた月に一度ほどだが、その日や週はまちまちで、だいたい当日、店が開く直前に連絡が入る。貸切にするのは、ほかのお客さんが怯《おび》えて店の評判を落とすのを避けるためだ。

「小料理屋ゆり」は役所に近いせいか、堅いお客さんが多い。そういう客層の中で、但馬さんは異色だった。しかし酒癖や性質の悪さは公務員のほうが勝る。但馬さんは筋金入りのやくざだが、紳士なやくざだ。立場的に小さなころからお酒に親しんでいるためだろう、どんなにたくさん呑《の》んでも絶対に醜態を見せない。そして店を貸切にした日は迷惑料として、通常営業したときの売りあげ平均の約五倍の料金を支払ってくれる。百合子さんはそのうち三万円くらいを、毎回お小遣いとして私にくれる。

なんでやくざの組長さんがこんな小さな、カウンターしかないような小料理屋、しかもお客さんは公務員ばかり、という店に通うのか。一年と少し前、働き始めたころは不思議だった。

――俺のおふくろと百合ちゃんが、同郷なんだよ。

と、あるとき但馬さんは教えてくれた。

――おふくろの味と同じなんだ、百合ちゃんの料理は。

そう言って但馬さんは百合子さんの作る味の濃い煮物を、嬉しそうに食べていた。

男の胃袋を摑《つか》んでおけば浮気はされない、と母親には教えられていた。私は浮気されたくなかったので、料理の腕を磨いた。百合子さんにこの店で雇われたのも、百合子さんが苦手な揚げ物系の料理が得意だったからだ。

しかし私は浮気をされた。

母の言葉が嘘《うそ》だったのか、私の料理が口に合わなかったのか、理由はなんなのか判《わか》らない。しかし浮気されたということだけは事実だ。

但馬さんに勧められてお酒をちびちびとなめていたら、何故《なぜ》か今日に限って気持ちが悪くなってきた。お相手をしなきゃいけないのに。お料理を作らないといけないのに。後片付けだってあるのに。なにより、ここで「気持ち悪い」とか言ったら、但馬さんに気を使わせるし、三万円ももらえなくなるかもしれない。

「……紗枝ちゃん、大丈夫かい」

カウンターの中で魚の煮付けの準備をしていたら、やはり一番最初に気付いたのは但馬さんだった。

「どうしたの？」

百合子さんも但馬さんの言葉で私の顔を覗《のぞ》き込む。

「あらやだ、顔色真っ青じゃないの、ちょっと休みなさいよ」

「でも」

ここでそんな顔色でいられるほうが迷惑よ、と百合子さんは早口に耳打ちした。

店の二階は、百合子さんの家ではないが六畳ほどの居住スペースになっている。調味料の在庫や食器の予備などが置いてあるが、何故か布団も一組置いてある。今まで四回ほど、ここの二階で休ませてもらったことがある。

私は百合子さんの言葉に甘え、狭い階段を二階にあがった。


帯を解き着物を脱ぎ、襦袢《じゆばん》だけの姿で横になるとすぐに深い眠りの奥に吸い込まれた。冷たく薄い布団の上、海の沖をたゆたう魚のような感覚に、疲れていたのだ、と気付く。

――和久《かずひさ》さんは昇進したの？

今日も入院先のベッドに横たわったままの母は私に尋ねた。

――はい、来年は課長になるそうですよ。

私が答えると満足そうに微笑む母のその顔は、小学生のとき、オール5の成績表を見せたときのものとまるで変わっていない。父親に似ず優秀でお行儀の良い娘が、母の唯一の自慢だった。優秀でお行儀の良い娘が地元の公務員になり、お嫁にいったあとは娘の夫の、大企業に勤める社会的に立派な人、と見なされる男が、彼女の自慢に変わった。

娘が住吉《すみよし》銀行の方と結婚しましたの。ええ、旧帝大の出で。次男なんですの。

私が結婚してから二年くらい、家に訪ねてくる人すべてに彼女は報告していた。しかし夫の勤めていた住吉銀行はその後、会社更生法の手続きを申請した。私には難しいことは判らないのだが、二十年ほど前からの無理な経営が祟《たた》ったのだそうだ。

そのニュースを聞いたころから、母の言動にはそこかしこにおかしなところが見え始めた。夫は転職した先の外資系の銀行で全く使い物にならなかったらしく、すぐにクビを言い渡された。それ以来彼もまたおかしくなった。私に物を投げつけたり罵声を浴びせかけたり、あげく家に戻ってこない日がつづいた。その隙を狙って、日ごろから私におかしな目を向けていた上司が妙に優しくなり、食事に誘われたり尻を撫《な》で回されたり付きまとわれたりするようになり、意を決して訴状を出したら私のほうが解雇された。一年半前のことだ。

公務員なのに解雇されるって。どういうことでしょうねえ。

解雇された日、退勤する道すがら、つねづね良い匂いが漂っていて、いつも入ってみたいなと思っていた「小料理屋ゆり」に私は思い切ってひとりで足を踏み入れた。そして百合子さんにくだを巻いたのだった。

母は既にこのとき入院していた。実在しない人に話しかけたり、実在しない人からひどい虐待を受けたと泣くことが増えて、私の手には負えなくなったからだ。入院費用は安いものではなかった。

お金、稼がなきゃいけないのに、どうしよう。

更にこのとき既に夫が行方知れずだった。なんだかもうどん底で、百合子さんの話によると私は酔っ払いながら号泣したらしい。

――そりゃ「雇ってあげる」って言わないわけにいかないわよ。何故かこの二階の部屋で休ませてもらうと、必ずそのときの夢を見る。百合子さんの作るご飯がしょっぱくて美味《おい》しくて、たぶん泣いたのだと思う。

自分の涙の冷たさに目を覚ますと、壁にかかっている時計は布団に入る前に見たものより一時間半進んでいた。恐る恐る起きあがる。幾分か体調は戻っていた。私は着物を着付け直し、髪を整えたあと階下へ向かった。

ちょうど、但馬さんがお会計をしているところだった。お会計といっても値段なんてないような会計の仕方なのだけど。私の姿を見ると但馬さんは「大丈夫かい」と訊《き》いてきた。

「すみません、ご心配おかけしました。だいぶ良くなりました」

「紗枝ちゃん、今日はあがっていいわよ。もう店閉めちゃうから」

戸惑う私に、いいからいいから、と百合子さんは再び二階へ行って着替えるよう促す。私は言われるまま、着付けたばかりの着物を脱いで衣桁《いこう》に掛け、家から着てきた服に着替えた。古いセーターに古いジーンズ。古いコート。

「初めて見たな、紗枝ちゃんの私服」

一階に下りてゆくと、但馬さんが私の姿を見て若干驚いたように言った。

「ダサいでしょ、ごめんなさい三十路なのに貧相で」

「いやいや、しろうとさんっぽくていいよ」

なあ博敏《ひろとし》。と但馬さんは傍らの男の背中を叩《たた》いた。

「博敏、おまえ今日は紗枝ちゃん送ってやれ」

「でも社長」

「気ぃ利かせろ、俺はこれから百合ちゃんとデートなんだよ。紗枝ちゃんも、遠慮しねえで。なっ」

……店を閉めるのは、そういうわけか。

博敏と呼ばれた男は、但馬さんの言いつけには逆らえないらしく、すぐに頷《うなず》いて私を店の外に促した。


自転車で出勤していると言ったら、明日の出勤のためのタクシー代も出すからと、タクシーに乗せられた。但馬さんは近くに止めてあった大きな車の後部座席に百合子さんと乗り込み、すぐに行ってしまった。

「家、どこだい」

ドアが閉まったあと、男は尋ねた。

「あ、あの、国道に出て右に曲がって」

詳細な道を伝えると、タクシーはすぐに発車した。十五分ほどの道のりを行くあいだ、男はずっと無言だった。

　家は大通りから少し奥まったところにある二階建てのアパートだ。外階段の前で私は車を降りた。お金を払い、男も車を降りた。こういう場合、お茶とか珈琲《コーヒー》とか飲んでいってください、と言うべきなのだろうか。点滅する外灯の下で私が悩んでいると、先に男が口を開いた。

「水、飲ませてくれ。飲みすぎた」

　私はその言葉に頷き、一階の一番奥にある部屋に男を招き入れた。表札の「間人」という文字を見て男はなんと読むのか尋ねてくる。

「はしひと、です」

「一階なのか、危なくないか？　ひとり暮らしだろ？」

　玄関で大きな靴を脱ぎながら男は言った。

「一階のほうが家賃が安いんです。それでも角部屋だから少しはいい部屋なんですよ」

　嗅《か》ぎ慣れた自分の部屋のにおいに、男の体臭が微かに混じる。どうしよう、と思った。夫が行方知れずになってから、こんな至近距離で男と一対一で接したことがない。僅かなにおいにも、身体が戸惑っていた。

　アパートは玄関を入ったらすぐ部屋、という作りの八畳一間だ。三十三歳の女の住処《すみか》として貧相すぎることは自覚している。夫と頭金を出し合って所有していたマンションは、夫の失業と共にローンが払えなくなり現在は賃貸物件として人に貸している。

男は躊躇《ちゅうちょ》することもなく部屋にあがりこみ、床が揺れる勢いでコタツの前に座った。私はコップに水を満たして持ってゆく。男はそれを一気にあおり、再び立ちあがると閉まっていた窓のカーテンを開けた。すぐ目の前には別のアパートが建っていて、空も緑も見えない。見えるのは隣のアパートの玄関灯だけだ。

「こんなところに、女ひとりで？」

「旦那が行方知れずなので」

「親は」

「母は入院中で、父は死にました」

「…………」

男はしばらくののち、カーテンを閉めた。そして突っ立ったままでいた私の手を取り、身体を引き寄せた。大きな手が私の髪を乱す。目を瞑って私は男の胸のにおいを嗅ぐ。やはり、と思う。ときおり抗《あらが》えないにおいというのがある。ひとりで喫茶店にも入った経験のない私が、何故か百合子さんの店にフラフラと入ってしまったのと同じく。男の身体が発するのは、それだった。煙草のにおいに混じっているけれども、消し切ることのできないくらくらするようなにおいだ。

「抱きたい」

男の掠《かす》れた言葉に、私は目を瞑ったまま頷いた。

この抱擁は、憐《あわ》れな女への同情なのか。このくちづけは、単純に後腐れのない女だと判断されたのか。この暴力のような愛撫《あいぶ》は、ただのオスとしての衝動なのか。

どうでもよかった。

数年ぶりに押し開かれる痛みの中で、私は溢《あふ》れるくらいに満たされる。


翌週、私は引っ越すことになった。男の用意した、今と同じ町だけれど今の部屋よりもう少しマシな部屋へ。アパートではなくマンションなので、嬉しかった。私の元の部屋は壁が薄すぎてダメなのだそうだ。

引っ越した翌日、男は私を東京に連れて行った。服を買うためだという。

「服なんて」

どうせ仕事に行ったら着物に着替えてしまうからいらない、などとは断れない空気が、煙草くさい車の中には漂っていた。もしかして私、売られちゃうんだろうか。はたして三十すぎたこんなくたびれた感じの女でも売り物になるんだろうか。

「本当は仕事も行かなくていいが、社長がおまえの料理好きみたいだからな」

男は私の緊張を感じ取ったのか、取っていないのか、そんなことを言った。私は初対面のときから疑問に感じていたことを、思い切って訊いてみた。

「……但馬さんて、組長さんじゃなくて、社長さんなんですか？」

「いまどき組長なんて呼ばねえよ。うっかり外でそんな言葉聞いたら、一般の皆様がビビるだろ。それにうちは表向き建設会社だし」

ハンドルを片手で操りながら、男は煙草に火をつける。

「そうだったんですか」

「百合子さんに何も聞いてないのか？」

「優しい人なのよ、くらいにしか」

「優しい人、ねえ……」

部屋を出てから二時間、銀座のコインパーキングに車を入れる。二時間しか経《た》っていないのに、夕暮れ時の銀座はまるで異国だった。中央通りの大きなビルと古い建物の入り混じった光景をきょろきょろ見回していたら、男はさっさと先に行ってしまう。

「ま、待ってください」

「慣れてないのか」

「初めて来ました。博敏さんはよくいらっしゃるんですか？」

男は驚いたように私を振り返る。

「初めて？」

「はい」

急に、自分の着ている適当な服が恥ずかしくなった。良い服というのを意識して見たことがないのだが、男の着ているスーツはおそらくとても高いものなのだろう。そういえば夫はどんな服を好んで着ていたのか、最早憶《おぼ》えていなかった。いつもクリーニングに出していたし、ワイシャツにアイロンをかけてもいたのに。

男は緩《ゆる》く笑い、再び歩き始めると少し奥まった通りの一軒の洋服屋に入っていった。私も後につづく。間口は狭いのに、中に入るとものすごく広い。お面かと思うくらい化粧の濃い、年齢不詳の女の店員が男を笑顔で出迎え、うしろから入ってきた私の顔を見て驚いた。

「珍しいことがございますこと」

「何着か見立ててやってくれ。あと、姐《ねえ》さんの、できてるか」

女は頷き、一旦奥へ引っ込むと若い女の店員とふたりで大量の服を抱えて再び出てきた。

「こちらで全部でございます。お包みいたしますか、お送りしましょうか」

「持って帰る」

若い店員が、ビニールカバーを付け替え始める。年齢不詳のほうの店員は私の姿をじろじろと眺めたあと、微笑んだ。

「ピンクと、あと紫がいいかもしれませんわね」

「ああ、いいな。似合いそうだ」

そんな色、着たこともない。そう言う前に私は試着室に連れてゆかれていた。ここもまたお城のようなスペースで、私が前に住んでいた部屋より広かった。しばらくして女は大量の服と共に試着室に入ってきて扉を閉めた。

「もったいない、どうしてこんな野暮ったい服を着ているの」

女は私の着ていた、五年くらい着つづけている青いチェックのシャツと色の褪《あ》せたベージュのロングスカートを見て言った。

「オシャレするとバカになるって言われながら育ったので」

私の答えに、「そういうおうちのお嬢さんがどうしてあの人と」と女は眉を顰《ひそ》め小声で訊いてきた。

「悪いこと言わない、やめたほうがいいわよ」

「やっぱり売られちゃう感じですか」

「違うわよ、って、素性は知ってるのね」

「なんとなく。その筋の方と一緒にいらっしゃるときに知り合ったので」

「但馬さんでしょう。但馬さんのところ、今危ないのよ。たぶん博敏さんも狙われてるわ」

男の素性も、女の言っていることも何もかもが別世界だったので、理解するまでかなりの時間がかかった。男は退屈したのか、試着室に顔を出し「一時間したら戻る」と言って店を出て行ってしまう。

　女の話によれば、男は但馬建設という会社の役員なのだそうだ。これはやくざの世界では若頭という立場にあたる。彼は但馬さんの身に何かがあった場合、組を継ぐことを約束されている。但馬さんの会社（組）は北関東では唯一、全国的に名の知られている大きな組と「兄弟の盃」を交わした組であり、ほかの系列の団体が現在、但馬さんのことを潰そうとしているのだそうだ。

　流れ作業のように服を着たり脱いだりしながら、私は女の話を漫然と聞いていた。

「兄弟の盃ってのは、親子の盃よりも遥かに重いのよ。だから但馬さんのところを潰せた場合、その組にとってはかなりのお手柄になるの。高松会《たかまつ》の直参たちが躍起になってるわ。だからあなた、博敏さんがやられたらあの人の女ってことでたぶん沈められるわよ」

「海にですか？」

「バカね、風俗よ」

　私は漫画を読まないしドラマも見ないし小説も読まないのだが、読まないなりに私の想像する漫画やドラマみたいな話だと思った。私が話を噛《か》み砕いて理解するまでのあいだに、女は二十着くらい試着した服の中から五着のワンピースを別によけた。見事にぜんぶピンクだった。そして売り場から二足の靴を持ってくる。何かの凶器のように尖《とが》ったヒールに私は驚き訴える。

「そんな靴、履けません。転んじゃいます」

「意外と慣れると平気だから。履いてみて」

無理だ、と思いつつも私は女に促されるまま白い靴下を脱ぎ、その細い銀色のヒールの中に足を挿し入れた。立ちあがった瞬間、あっ、と思う。

「思ったとおり。脚も綺麗《きれい》」

壁面の大きな鏡の中に、私ではない私が映っていた。長いスカートで脚を隠し、靴下で踝《くるぶし》を隠し、ぺたんこの靴で必死に地べたにしがみ付こうとしていた私ではなかった。とろりとした素材の鮮やかな珊瑚《さんご》の色をした短いワンピースは、咲いたばかりの花のようにスカートが広がっており、動くたびに膝小僧が丸出しになる。脛《すね》も踝も丸出しだ。けれど、鏡に映る自分の姿には不思議なほど違和感がなかった。

「お化粧もしてないのに、こんな服と靴が似合うなんて。滑稽だわね。あなた三十年以上も自分を偽って生きてきたのね」

女は背後に回り、私の髪の毛を手のひらで束ねると器用に捻《ねじ》りあげてキラキラと光る造花の施された何本かのピンを打った。そのとき、何のことわりもなく試着室の扉が開いた。空気に煙草のにおいが混じる。

「……悪くないな」

男は私の姿を眺め、にこりともせずに言った。その言葉に、身体の奥のほうにある何かが弾《はじ》かれたように震えた。

もっと言って。もっと私を見て。手を取ってここじゃないどこかへ連れて行って。

心の中の叫びに応えてくれたのか、男は私に向かって大きな手を差し伸べた。

数日後に、買った服が私の身体のサイズに直されて家に届いた。あのときには試着した覚えのない、青く見える灰色の、毛足の長い毛皮のマントも入っていた。こんなもの、触れたこともない。私はしばらくのあいだ、猫を撫でるようにそのマントを撫でつづけた。冷たくてツルツルしていて、でも羽織るとその瞬間から何かに守られていると錯覚するほど温かい。

ドラッグストアでお化粧品も買ってきたので、口紅とアイシャドウだけ塗ってみる。こんな格好をして病院に行ったら、母はどんな顔をするだろう。自分の娘だと気付くだろうか。取り乱して失神でもしてしまうのではないか。その現場を想像すると笑えてきた。

家の中で服を着替え化粧を施していたら、鍵を開ける音が聞こえた。男が入ってくる。

「上着、気に入ったか」

私の羽織っているマントを見て、男は目を細めた。下に着ているのも、買ってもらったワンピースだ。鏡に映る自分は今までの私とは別人。

「はい、とっても」

「じゃあ出かけるぞ」

「えっ」

「今日は店休みだろう」

そういえば今日は日曜日だ。男の有無を言わさぬ物言いに急いでマントを脱ごうとしたら、「そのままでいい。靴も買ったやつを履いてけ」と、荷物の中から靴の箱を取り出して私に渡した。

「でも、歩けない」

「歩かなくていい、車だから」

言われるままに銀色の凶器のような靴を履き、男のあとについて家を出る。

銀色の大きなセダンに乗り込み発車したあと、私はどこへ行くつもりなのか尋ねた。

「温泉」

「えっ」

それは無理ではなかろうか。先日抱かれたときに見た男の背中には、一面の彫り物があった。厚い筋肉を覆う背中の皮膚は硬くなっているが滑らかで温かく、手触りといい模様といい、トルコ絨毯《じゅうたん》みたいだ、と思ったのを憶えている。

「心配しなくていい。俺たちみたいのを相手に商売してる宿もあるんだ」

男は私の顔を見て、笑いながら言った。その笑顔に私も幾分か心が解け、ひとつわがままを言ってみることにした。

「もし時間に余裕があるなら、寄っていただきたいところがあるんです」

「どこだ」

私は母が入院している病院の名を告げた。男は私の希望通り、病院へゆく道を曲がった。


アンモニアくさい病室に入ると同部屋に入院している患者が、私の姿をじろじろと眺めた。母は窓際のベッドでぼんやりと外を眺めていた。

「お母さん」

私の呼びかけに母が振り向く。自分の産んだ娘なのだから、こんななりをしていても判ってくれるはずだ、という小さな期待は見事に裏切られた。

「商売女！」

と母は私に向かって叫んだ。そして目を見開いて野良犬のように歯を剝《む》き、手元にあった小さな縫いぐるみやらテレビのリモコンやらを投げつけてきた。

「汚らわしい、出てけ！　あんたみたいな女はお天道様の下に出てくるな！」

「お母さん！」

お母さん、私です。あなたの娘です。私は心の中で叫んだ。出世頭の銀行員の男と幸せな結婚をしているはずのあなたの娘です。どうして娘の顔が判らないの。奇声を発しながら母は泣いて暴れ、騒ぎを察知した看護師たちが駆けつける。

「土屋《つちや》さん、どうしました！」

そう言って部屋に駆け込んできたふたりの女の看護師が、私の姿を見て固まった。

「……土屋さんのお嬢さん？」

はい、と答えるべきか答えないまま立ち去るべきか、逡巡《しゅんじゅん》したのちに私は部屋から駆け出していた。エイリアンを見てしまったような看護師の眼差《まなざ》しが、まな裏から離れない。

「やめて、痛い」

私も母も、今の私のような格好をしている女を敵として、忌むべきものとして軽蔑してきたはずだ。そういう女、父を堕落させあまつさえその腹の上で死なせた阿婆擦《あばず》れを軽蔑する、私たちはまともな人、というくだらないプライドに縋《すが》って生き延びてきたのだ。けれど、軽蔑される側の女になることは、あまりにも簡単だった。身体の外側、服を替え化粧をする、それだけで人は変わってしまう。事実、私は凶器のような靴を履いて走っても一度も転ばず、足首を捻《ひね》りすらしなかった。むしろ、足が軽かった。重く錆《さ》びついた枷鎖《かさ》から解放された足は、母の手の届かぬところまで私を運ぶ。もう母の手は及ばない。けれど私から手を伸ばしても、同じく届かない。

病院の駐車場に戻り、私は息を切らして男の車のドアを開けて中に押し入る。

「終わったのか」

「ええ。行ってください」

私が涙を流していても男は何も訊かず、車は静かに駐車場を滑り出る。

男が向かった先はわりと名の知れた温泉地だったが、ホテルや旅館の建ち並ぶ繁華街のような地域から、更に車は山奥へと入っていった。細い道は舗装されておらず、私は大きく車が揺れるたびに恐怖で小さく声をあげた。

「安心しろ、俺が何年運転してると思ってる」

「でも」

「今までこの道走ってて死んだやつはひとりもいねえよ」

男の言ったとおり車は崖から落ちたりせず、ある地点で突如視界が開け、道も舗装されたものに変わった。視界の先には道の右と左に大きな旅館らしき建物がふたつ建っている。男は車を左側の建物の駐車場に入れた。こんな人目に付かない場所なのに、駐車場には何台かの車が停まっていた。どれもスモークガラスの施された黒や銀色の大きなセダンだ。

玄関を入ると女将《おかみ》と思われる女が出迎え、私たちを部屋に案内した。最上階の、とても広い部屋だった。広すぎて、物がなさすぎて、所在無い。次の間を開けたら既に布団が二組敷かれていた。見てはいけないものを見てしまった気がして慌てて襖《ふすま》を閉めようとするが、男の手がそれを止めた。

身体を抱えあげられ、布団の上に転がされる。声を出す間もなく男の身体が覆いかぶさってきた。スカートの裾から手を突っ込まれ下着を脱がされる。

「待って、お風呂に……」

せっかく温泉なのに、と抗議する前に口を塞がれていた。

「……ここなら思う存分声出せるぞ」

唇を離したあと、男は私の耳元で言った。男の借りてくれた部屋はそれほど壁が厚くないため、私はいつも彼に抱かれるとき自分の手の甲を噛んで声を抑えていた。

低く囁《ささや》くような男の声を聞いただけで脚の間が疼《うず》く。私はつい数時間前、母親を捨てた。手の届かぬところに置いて逃げてきた。そんなひどいことをしたすぐあとなのに。いつからこんな淫乱になったんだろう。乱暴な愛撫に声をあげながら私は男の股間を探る。硬く膨張した重くて熱くて大きなそれを摑み、早く入れてと懇願する。

もたらされた快楽という痛みの中で、知らなかった世界を私は男の背中越しに見る。これがただの欲望なのか、愛なのか、まだ判らない。けれど深い闇に落とされるようなこの痛みはきっと愛だ。生まれてから三十余年、私はこんな気持ちの欠片《かけら》も知らなかった。

「愛してるって、言って」

途切れ途切れの息の中、私は請う。男は黙ったまま私の髪の毛を摑み、腰を打ち付ける。

「嘘でもいい、言って」

「…………」

「お願い」

背中にギリギリと爪を立てると、押し出されるように、あいしてる、という言葉が零《こぼ》れ落ちた。削がれた銀色の鱗《うろこ》に似た、本当に小さな声だった。私は男の頭を摑み、その唇に強くくちづけた。

男のにおいと体温の残った布団の中で、私はまどろむ。股関節が痛くて脚がうまく閉じられない。服を着るのも億劫《おっくう》で、脚の間から流れ出る男の残滓《ざんし》もそのままに寝返りを打ったら、襖が開いた。向こうには複数の人の気配があった。

——もしかして、マワされちゃうのか私?

しかし男の背後にいる複数の人々は、男に丁寧な言葉を使っていた。

「浴衣かなんか羽織って出てこい。見せたいもんがある」

そう言うと男は再び襖を閉めた。

重い身体をのろのろと起こし、下着をつけて服を着なおし、私は次の間を出た。そして目の前に現れた光景に息を呑んだ。そこにはふたりの男に両手を押さえられ、正座しているみすぼらしい男がいた。

「……和久さん」

「やっぱりおまえの旦那か」

どうして、という問いは夫にとっても同じだろう。濁った瞳で私を見あげ、どうして、という顔をする。眩暈《めまい》がした。

「紗枝、おまえか、おまえが俺を嵌《は》めたのか」

数年ぶりに妻に投げかける言葉がそれか。私は何も答えられず、ただ傍らに立っていた男を見あげた。男は答える。

「百合子さんにおまえの素性は聞いた。あの地域じゃ金融やってんのはうちだけだ。債務者リスト見たら、おまえと同じ苗字《みようじ》の男がいて、調べたらこっちの飯場に回されてた」

「紗枝、俺は騙《だま》されたんだよ」

何が起きた、という動揺の裏側で、私の心は急速に冷めてゆく。男も夫も、そんな私の言葉を待っている。

「どうする、おまえが望むなら、旦那はシャバに帰してやってもいい。借金もなかったことにしてやる」

「………」

夫は家を出て行った。私は夫が出て行ったあと、一度はその居場所を調べた。そして女と一緒に暮らしている夫を見つけた。銀行に勤めていたときはキッチリと整えていた髪の毛は長く伸び、だらしない格好をして、今の私のようなだらしのなさそうな外見の女にへらへらと笑いかけていた。

別に、それでもよかった。お金だけでも、マンションのローンだけでも払ってくれればよかったのに、それすらもできないほど彼にはお金がなかった。

女の男運は、もしかして遺伝するのだろうか。父は水商売をしている女の家で死んだ。私の夫はたぶん同じような職業の女にひっかかったが、おそらくそれは美人局《つつもたせ》だった。気を違えた母には立派な夫を持つ妻として嘘をつきつづけ、いつしか私は現実に生きているのか嘘の中に生きているのか判らなくなっていった。

「紗枝、お願いだ、許してくれ」

夫は私が無関係だと判ったのか、態度を一変させ懇願してきた。

「……もし、私が望まなかったらこの人はどうなるの？」

「まあ、使えるところは売ることになるだろうな」

男の言葉に、夫は泣き出した。

「じゃあ、そうしてあげて」

私を呼ぶ声が悲鳴に変わる。最早それは鳥の鳴き声くらいにしか思えなかった。この世に私を繋《つな》ぎとめるしがらみが、完全に消えてくれたほうがいっそ楽だ。

夫が部屋から消えたあと、男は放心している私の身体を引き寄せ己の胸の中に抱いた。


血液や臓器は良い値段で取引されているのだそうだ。特に血液はこの世界では必要不可欠らしい。そんな、興味深くともいらない知識ばかりが増えてゆく。

一泊二日の温泉旅行から帰ってきて十日あまりが経った。あの様子からして夫はもうこの世の人ではない。そしてこの十日と少し、母の病院にも一度も行っていなかった。携帯電話には何度も病院から着信があったが、その番号は既に着信拒否にしていた。

この地方都市にも、それなりに大きな繁華街はある。そこは以前から但馬さんのシマなのだそうだ。が、銀座の服屋の女が言っていたとおり、「高松会の直参」という新参者がそのシマを取ろうと躍起になっているのだそうだ。

私はその日、男と外で会っていた。店は百合子さんが体調不良で臨時休業だった。今まで足を踏み入れたことのない、夜の繁華街の薄暗いお店で但馬さんと男が会う。私も何故か同席する。

「こいつの面倒見ようと思います」

男は但馬さんに言った。但馬さんの横には、ものすごく派手な化粧をした着物姿の女が座ってニコニコと微笑んでいる。あまりにものすごい化粧なので驚いて顔をじろじろ見ていたら、そんな私にも微笑んでくれた。

「珍しいこともあるもんだな」

女に煙草の火をつけられたのち、但馬さんは白い煙を吐き出すと共に言った。

「社長にはお伝えしようと思って」

そうか、と言って但馬さんはしげしげと私を見つめた。

「紗枝ちゃん、よろしくな、うちのバカ息子」

「えっ、息子さんだったんですか」

「養子だよ。こいつが十三のときに親戚筋から引き取った」

既に一緒にい始めてひと月くらい経っていたのに、私はそのとき男の素性を何も知らないことに気付く。

素性を知らなくても私は彼を本気で愛していた。愛していると錯覚できていた。人をいとしく思う気持ちと本気で相手の身体を求める衝動は、私を幸せにも不幸にもした。男に抱かれているあいだは、母のことも、おそらく既にほかの誰かの身体の一部となった夫のことも何も考えない。というよりも男の身体の中に広がる海に溺れて男に縋ること以外考えられない。襲ってくる快楽にあられもない声をあげながら、魚の鱗のような「愛してる」という言葉を反芻《はんすう》する。けれど男が私の側からいなくなることを考えると、とてつもなく怖かった。今の私は男を失ったら何も残らない。

――元々、残るようなものは何も持っていなかったくせに。

男のことを知りたいと思う気持ちと知りたくないと思う気持ちが胸の中でごちゃまぜになる。知らなくても、じゅうぶん幸せだ。けれど、知ることによってもっと幸せになれるのだったら、それにくらべれば不幸だ。

「大丈夫だ、心配いらない」

私の心のまどいを悟ったか、男はテーブルの下で私の手を握った。

「養子だろうとなんだろうと、社長は俺をほんとの息子だと思ってるよ」

「ああ、そうだ」

私の悩みには見当違いな言葉にも、その手が温かくて涙が溢れそうになる。

「だから社長、その息子のわがままをひとつだけ聞いてください」

「なんだ、息子よ」

「……俺は跡目を継げません、ほかのヤツに譲ってください」

一瞬にして、但馬さんの表情が見たこともないほど強張《こわば》った。

「何を言ってる」

「すみません」

「なんのためにおまえ育ててきたと思ってんだ」

「すみません」

「堅気の女なんかに入れあげてそのザマか、え？」

化粧の濃い女は立ちあがり、その場を去った。私も席を外したほうがいいのかと逡巡したが、おそらく男は私のために但馬さんに懇願している。去ることはできない。但馬さんはアイスペールを摑み、頭を下げている男の上からその中身をぶちまけた。

「頭冷やせ」

テーブルにもソファにも床にも、氷が散乱する。但馬さんは立ちあがるとのしのしと出口へと歩いていった。百合子さんのお店で見る但馬さんとは全く違って、怖くて身体が震えた。

「社長」

男も立ちあがり、但馬さんのあとを追いかける。エレベーターの扉が目の前で閉じる。男は右側の非常階段を駆け下りた。私もふらつく脚でそれを追いかける。男の大きな足音が非常階段にこだまして、なにかの警報のように聞こえた。

但馬さんは男よりも一足早くエレベーターを降り、ビルの外に出ていた。

「社長！」

という男の声に、何か、大きな、聞いたこともない乱暴な音が重なる。

階段を下り切り、視界に飛び込んできたものは道端に倒れた但馬さんの身体と、拳銃を構える見知らぬ若い男の姿だった。また、乱暴な音が聞こえる。二発連続で。男の身体が大きく揺れる。

「博敏さん！」

「紗枝、来るな！」

男の声は私の耳には入らなかった。男の視線の先を見ると、見知らぬ若い男が胸から血を流して仰向けに倒れていた。男は肩を押さえて蹲《うずくま》る。

見知らぬ若い男は心臓の位置を撃ち抜かれていた。降り始めの細かい雨に濡《ぬ》れた地面が流れ出した血で益々黒くなってゆく。男の肩からも血が溢れ、手指の先からぽたぽたと落ち地面を黒く染めていた。

「どうしよう、血が、血が」

私は男に駆け寄り、なす術もなく肩の傷口を押さえた手の上から自分の手を重ねた。男は手に持っていた拳銃を内ポケットに収め、私の手を掴む。そして走り出す。

「但馬さんは」

「すぐにうちの組のもんが来る、今は」

集まってきた人たちを怒鳴りつけながら男は私を連れて走った。血が、点々と男の居場所を示す。どうかもっと雨を降らせてくれ。この痕跡を覆い隠してくれ。私は強く願いながら男の手に引かれて逃げる。

けれど、短い逃避はすぐに限界を迎えた。

生ゴミくさい、人気のない細い路地に曲がったところで、男は壁伝いに倒れ込んだ。人の心臓はポンプなのだと再確認させられる。肩に開いた穴から、鼓動と同じ速度で血が溢れていた。

「どうしよう、どうしよう、血が」

私はカバンからハンカチを取り出し、肩口を縛ってみたが全く血は止まらなかった。

「紗枝、逃げろ」

男は私の肩を摑み、顔を見据えて言った。

「やだ、あなたと一緒じゃなきゃイヤだ」

「俺の女だって知られたら、人生台無しになるぞ」

「イヤだ！」

「紗枝！」

男の大きな声に、私の身体は強張った。

「潰された組の女がどうなったか、俺はたくさん見てきてる。おまえがそんなことになるのは耐えられない。お願いだ、逃げてくれ」

肩を摑んだ手に力が籠もる。そして瞳には懇願の色があった。

「……博敏さんは、このままじゃ死んじゃうよ」

「この程度じゃ死なねえよ」

そう言いながらも、男の唇は血の気を失いつつあった。遠くに聞こえていたパトカーと救急車のサイレンが急速に近付いてくる。

「博敏さん」

「行け」

「博敏さん」

「早く！」

雨の降る音の中に複数の足音が混じる。私は男の腕に縋っていた手を離した。両の手のひらは血塗《ちまみ》れになっていた。ガクガクと震える脚で立ちあがり、私は走り出す。

「愛してる、紗枝」

囁くような声が、最後に私の鼓膜を震わせた。

人生の転機というのは意外と簡単に訪れる。その転機が転落になる可能性も秘めて。

翌日の夕刊の小さな記事で、私は但馬さんが死亡したことと、男が殺人容疑で身柄を拘束されたことを知った。搬送先の病院で死亡、という文字はなかった。男は生きている、それだけで私は安堵した。

過去に聞いた男の話によれば、殺人罪の場合、懲役は通常十五年程。幸い男に前科はない。おそらく彼のポジションからして、人は殺しているだろうがほかの人が身代わりとなって刑務所に入っていたからだ。模範囚であれば七年と少しで出てこられる。

私は彼の血がこびり付いた毛皮のマントと靴、服を箱に詰めて押入れ奥深くに隠した。買ってもらったほかの服も同じく、段ボールに詰めてガムテープで封じた。少し前まで着ていた野暮ったい服を再び引っ張り出し、身に纏《まと》う。昨日までの私とは思えない、野暮ったい、ただのおばさんが鏡には映っていた。

さよなら、束《つか》の間《ま》の夢のような生活。

おかえり、これまでの冴《さ》えない私。

いつものように店に行ったら、「小料理屋ゆり」はシャッターが下り、「閉店」の張り紙がされていた。私は慌てて店の電話を鳴らすが、使われていない番号だとアナウンスされた。百合子さんの家にもかけてみたが、それもつながらなかった。

——逃げたんだ、百合子さんも。

私は部屋に戻り、マンションのオーナーに契約している人物の名を確認した。私の名前で契約されていた。これならば男とのつながりは明らかにならないだろう。元々部屋には男の痕跡がなにもない。歯ブラシも、下着も、髪の毛の一本さえも男は置いていかなかった。ベッドに寝転がると、微かに残った男のにおいがした。

男が私に残したのは「あいしてる」という言葉だけだ。けれど、その言葉さえあれば、七年、もしくは十五年、この部屋で男を待つことができる気がした。

——ねえさん、帯解けてるよ。

きっと、男はまた私を見つけてくれる。そして私は再びあのピンクのドレスと青い毛皮を纏い人を殺す凶器のような靴を履き、男のあとについて知らない世界を歩くのだ。

泥梨《ないり》の天使

昼間にデパートで見た母娘の姿が脳裏に焼きついて離れない。奈々《なな》と同い年くらいの女の子と、美和子《みわこ》と同い年くらいの母親だった。平日の昼間のデパートに高校生くらいの女の子がいるのは不自然で、何故《なぜ》その年頃の子供がいるのだろうか、と美和子はだいぶ長いあいだ考えた。夕飯の支度をしなければならない時刻である今も考えつづけている。

彼女たちは地下食料品売り場でケーキを選んでいた。美和子は少し離れた場所にある和菓子屋で、習い事の先生に渡す菓子折りを買ったあとだった。デニム地のスカートにチェックのシャツという、ともすれば貧乏臭くなりそうな服を上品に着こなしたボブヘアの母親と、白いTシャツにベージュのシャンタン素材のミニスカートという、質素なのか豪華なのかよく判《わか》らない服をこれまたセンス良く着こなしたロングヘアの娘は、ケーキのケースを見ながら「パパは酸っぱいの嫌いよ」「ブルーベリーは別に酸っぱくないよ」「あなたが食べたいだけでしょう、今日はパパの誕生日なんだからパパの好きなケーキにしましょうよ」「ぜったいパパもブルーベリー好きだってば」と、愚にもつかない会話を交わしていた。

どうして平日の昼間に、私服姿の子供がデパートにいたんだろう。創立記念日で休みだとか。たしかテストの前だか後だかにはテスト休みというのも存在するらしいから、そういう類《たぐい》か。あの親子は毎日どんな暮らしをしているんだろう。母親と娘の仲は良いのだろうか。どんなふうに仲良くしているんだろうか。ケーキを買ったあと何を買ったのだろう、帰る家はマンションか一戸建てか、パパはブルーベリーのケーキを喜んだのか、それともブルーベリーが本当は嫌いで、ケーキを見るなり怒鳴り散らしたのか。後者なら良い、と美和子は思う。

時計が午後六時を指す。そろそろ夕飯の支度をしなければならない。七時には奈々が、八時には夫の文彦《ふみひこ》が帰ってくる。美和子はダイニングテーブルの椅子から立ちあがったが台所に向かう気にならず、廊下に向かい玄関から外に出る。ほぼ日が落ちたあとの狭い庭には、隣家の排気ダクトから漏れ出たごま油のにおいが漂っていた。おすそ分けしてくれたらいいのに、と思いながら郵便受けの蓋を開ける。空っぽだった。当たり前だ。さっき家に帰ってきたときすべて中身を取り出した。文彦が定期購読している雑誌二冊とケーブルテレビの番組情報誌しか入っておらず、奈々宛ての郵便も文彦宛ての郵便もなかったことにガッカリした。

空っぽの郵便受けの蓋を閉じ、重い足取りで玄関に戻る。夕飯のおかずは、作り始めれば炒《いた》め物くらいなら二十分で作れる。だからあと四十分は猶予がある。とりあえず米だけは炊いておこう、と思い、炊飯器の釜に無洗米を二合入れ、水を入れて炊飯スイッチを押した。たったこれだけのことで美和子はどっと疲れた。デパートで惣菜《そうざい》を買ってくればよかった。

なんとか夕飯のおかずをこしらえ、先に帰ってきた奈々に食べさせた。美和子も向かい合って卓を囲んだ。奈々の顔を見れば美和子にも、元気とかやる気とかそういう生きる源みたいなものが溢《あふ》れんばかりに蘇《よみがえ》る。

およそ十六年前に美和子が腹を痛めて産んだたったひとりの可愛《かわい》い娘は、現在高校でテニス部に入っている。まだ一年生だからほとんどの時間は球拾いしかさせてもらえないそうだ。しかし「マリちゃん」「エミリー」「リアンちゃん」「じゅりあ」など、仲良しの友達ができて毎日楽しいという。マリちゃんは中学で軟式テニスをやっていたから、夏休みが明けて三年生が引退したら試合に出させてもらえるかもしれないくらい上手なのだそうだ。奈々だってセンスはあるだろうし、やればできるはずだ。エミリーはお祖母さんがイギリス人ですごく綺麗《きれい》な子。奈々だってもう少し大人になればその子よりもぜったいに綺麗になる。リアンちゃんはお金持ちのお嬢様だからラケットを三本も持っているのだとか。もし奈々が三本ラケットを持っていても友達に自慢して見せびらかすような下品なマネはしない。じゅりあは見た目が地味で名前負けしていることを自分でネタにしてみんなの笑いを取っている。可愛くもない子供にそんな名前を付ける親の神経を疑う。

顧問の先生は伊東《いとう》先生。四十三歳の女性の体育教師だ。すごく厳しくて体育の時間は準備運動にラジオ体操第二までしっかりやらせる人だから奈々はあまり好きじゃない。美和子も体育教師という存在が好きじゃない。副顧問の先生は川崎《かわさき》先生。こちらはまだ若い男性教師で、教科は英語だが大学時代にずっとテニスをやっていた。クラスの子たちはみんなかっこいいと騒いでいるけれど、奈々は別に興味がない。奈々はそんなあさはかで低俗な生徒とは違う。

「ねえお母さん、お母さんが子供のころ、生物の授業でカエルの解剖ってやった?」

部活の話をしていた奈々が、思い出したかのように尋ねた。

「え、そんなのやってないわよ」

「だよねえ。今日、福井《ふくい》先生が、先生が子供のころはカエルの解剖をしたんだって言ってたの。残酷だよね。お薬の実験のためにはマウスも何匹も殺すんだって。殺さないで薬作れないのかなあ」

殺されるカエルやマウスの気持ちを考えられる奈々は天使のように心優しい。子供にそんな残酷な話をして純粋な心を傷つけるなんて、福井先生は教師失格だ。

奈々がごちそうさま、と席を立ったとき、玄関の扉の開く音がした。美和子は席を立ち、夫を出迎える。

「ただいま、風呂沸いてる？　今日暑いわ」

「沸いてるけど先に奈々が入るからあなたはご飯食べちゃって」

鞄《かばん》を受け取り、ちょっと嫌そうな顔をした文彦をリビングに向かわせた。おかえりー。ただいまー。父と娘の交わす挨拶を聞きつつ美和子は二階に鞄を運び、文彦の部屋着とハンガーを取って階下へ戻る。ソファに移動しテレビを見始めた奈々に構わず、文彦はパンツ一丁になって部屋着に着替える。奈々は気にも留めない。

「……もうちょっとおかずほしいんだけど」

サラリーマンから、ただのだらしない感じの中年に戻った文彦がテーブルの上を見て言った。おかずは一皿だ。しかしきちんと野菜も肉も入っている。

「だってあなたお腹出てるし」

「じゃあせめてもう少しご飯ちょうだい」

「自分で食べたいだけよそって」

私は忙しいのだ。美和子はハンガーにかけたジャケットとパンツを持って再び二階に向かう。寝室のラックにそれをかけて部屋を出る。階段の上から一階の廊下を見おろし、人がいないことを確認したあと美和子は隣に位置する奈々の部屋の扉を開けて中に身体を滑り込ませた。また電気を点けっぱなし、もったいない。扉は開けておけっていつも言ってるのに、最近は勝手に閉めるから電気が点けっぱなしでも判らない。困ったものだ。溜息《ためいき》をついてしゃがみ込み、勉強机の横でくったりとひしゃげた通学鞄のファスナーを開けた。そして中身を確認する。今日も教科書やノートを学校に置いて来ている。中には財布とハンカチと携帯電話と生理用品を入れるポーチしか入っていなかった。美和子はまず財布を開き、札入れの中を確認した。千円札に交じって入っている何枚かのレシートを取り出し、一枚一枚その印字を検《あらた》める。昨日と同じだが、一枚増えていた。今日の日付の購買部のレシートによれば奈々は放課後にペットボトル飲料と雑誌を買っている。なんの雑誌を買ったのか気になったが鞄には入っていなかった。値段は五百六十円。あとでこの値段の雑誌をネットで調べよう。財布を元に戻したあと、美和子は携帯電話を取り出し、画面ロックを外した。ＳＮＳのアプリを立ちあげ、友達とどんな話をしていたのかを調べる。

「今日あかりんが八時からテレビ出るから奈々ちんも見てね！」「興味ないよー。部活で間に合わないかもしれないし」「そんなに遅くならないでしょ」「うち、食事の時間にテレビつける習慣ないんだよね」「厳しいんだー」「うん、でもまあ、見れたら見るよー」

うちが厳しいわけじゃない。食事中にテレビを見させる親の頭がどうかしているだけだ。美和子は話し相手の名前を見る。みっちょん、とある。アイコンは綺麗な顔をした男の子だった。そのアイコンを指先で押し、プロフィールを確認した。ああ、この子か、と思い出す。名前は変わっているが一ヵ月くらい前から何度か奈々とやり取りをしているクラスメイトだった。テニス部の友達ではない。電話を戻し、生理用品のポーチを取り出した。中に硬い感触があり、急いでファスナーを開ける。取り出したプラスチック製の小さなチューブには「ほんのりピンクのつやつやリップグロス」と文字が入っている。色つきリップだなんて子供のくせに色気づいて、と苛立《いらだ》ったと同時に血の気が引いた。ここ数日でこんなものを奈々が買った形跡はない。誰かにもらったのか、それともまさか万引きでもしたのか。美和子はそのチューブを凝視した。するとごちゃごちゃと白い花模様の入った中に、見落とすくらい小さな文字で「E. L. Teen 7月号付録」と記されているのが見て取れた。なるほど、買った雑誌はそれか。しかしティーン向けの雑誌で色つきリップを付録にするなんて、出版社はいったいどういう神経をしているのだ。美和子は小さなチューブをエプロンのポケットに納める。そしてポーチを戻す。

鞄の中を検め終えた美和子はラックにかかった制服の、四箇所のポケットに手を突っ込み、何もないことを確認したあと静かに部屋を出る。そのとたん、下から奈々の呼ぶ声が聞こえてきた。

「おかあさーん、今日はお風呂に入浴剤入れていいー?」

もうテレビに飽きたのか。あかりんとやらはいいのか。美和子は慌てて階段を下る。

「いいわよー」

答えると奈々は洗面所に消えていった。リビングでは文彦が新聞を読みながら食事をしている。テレビが点けっぱなしだった。

「電気代もったいないから見てないなら消してよ」

「俺じゃなくて奈々が見てたんだけど」

「じゃあ奈々が部屋出るときに消してって言ってよ」

文彦は納得したのかしてないのか、黙ったまま食事をつづける。美和子は隣の和室から、夕方に畳んでおいた洗濯物のタオル類を手に取り、洗面所に向かった。扉を開けたら奈々が素っ裸で入浴剤を選んでいるところだった。程よく贅肉《ぜいにく》に覆われた娘の裸を上から下まで目視したあと、美和子はタオルを壁際のラックに重ね置く。

「ねえお母さん、何度も言ってるけどノックして？　あと今その作業必要？」

「別に親子なんだからなんの問題もないでしょ？　それとも親に見られて困ることでもあるの？」

「ないけど、別に」

「子供のくせに何を意識してるの。ちょっと自意識過剰よ？」

「もう高校生なんですけど」

「『まだ高校生』でしょ？　生活の面倒は誰が見てるの？　ひとりでご飯作れる？　洗濯できる？　掃除できる？」

「………」

「親と一緒に暮らしてるうちは子供なの。ほら早く入りなさい、裸のままじゃ風邪引くでしょ」

　奈々は渋々といった面持ちで風呂のドアを開け、中に入って閉めた。美和子は音を立てて洗濯機の蓋を開ける。洗濯物は洗濯籠に入っているので、洗濯槽の中は空だ。シャワーの音が聞こえてきたあと、美和子はしゃがんで床に置いてある電子体重計の電源を入れ、履歴を見た。五十四・七キロ。また少し痩せている。奈々の身長百六十一センチの適正体重は五十七キロだ。もっと太らせなければ病気になってしまう。夕飯をまともに作らなかった自分の怠惰に後悔の溜息をつきつつ、美和子は洗濯籠から今脱ぎ置かれたばかりの奈々の下着を手に取った。汗と下り物《おりもの》に汚れたそれに鼻を近付け、男のにおいがしないか確かめる。いつもの奈々のにおいしかしなかった。ほっとして洗濯槽に移す。シャツやほかの衣類もまとめて洗濯槽に放り込み、タイマーをかけたあと美和子は洗面所を出た。そしてポケットに入っていたリップグロスを台所の燃えるゴミの袋の一番奥に押し込んだ。

　奈々が中学一年生になったとき、文彦が携帯電話を買い与えた。通話履歴を残すのと毎日親に見せる、という制約つきで。奈々はきちんと毎日両親に携帯電話を提出していた。しばらくは何もなかった。しかし文彦は気付かなかったが、美和子は気付いた。中学二年生になったあたりから、奈々はメールを消し始めたのだ。通話履歴も消し始めた。件数が不自然に少なかったのを、美和子だけが気付いた。その場でどういうことか問い詰めても隠蔽工作がより巧妙になるだけだろうと判断し、何も言わなかった。

どうにかして携帯電話から消した記録を見られないだろうか、と美和子はインターネットでいろいろ調べた。結果、送信したメールは見られないが、受信したメールだけは見られる方法があることが判った。通話履歴はどちらにせよキャリアから取り寄せているので、気になる番号があればかけてみればいいだけだ。

奈々が風呂に入っている間に、美和子は携帯電話を確認するようになった。消されたメールは男子生徒からのものだった。内容からしてその男子生徒はどう考えても奈々に劣情を抱いていて、奈々がどんな返事を送っていたのか考えると、気になって気になって家事は手につかず夜も眠れず頭がおかしくなりそうだった。取り寄せた通話履歴の電話番号に非通知でかたっぱしから無言電話をかけた。驚くべきことに、電話口に出た中に男子は三人もいた。

なんてことだろう。子供のくせに。なんてことだろう。親が金を払っている電話で男子とこんなふうになるなんて。いっそ三人とも殺してやりたい。

以降美和子は携帯電話だけでなく鞄の中身も制服のポケットもすべて確認するように

なった。奈々は二年の夏休みから二駅隣にある予備校に通い、一年半後の高校受験に備え始めた。同時に文彦は奈々の電話をGPS機能のあるスマートフォンに買い換えた。美和子はその日から、奈々の学校の終わる時間になるとずっとパソコンに張り付いて地図上から娘の行動を監視するようになった。三時間くらい奈々は同じ場所でじっとしている。そして予備校の授業が終わったあと移動を始める。しかしそれからまた十五分くらい駅の傍で動かない。ホームで電車を待っているのだろうと思っていたのだが、電車の乗り換え案内でその駅の電車発着時刻を調べてみたら、奈々の動きが止まっている時間帯にも電車は来ていた。何をしているのだ。空白の十五分に起きている出来事を想像すると心配で心臓が縮みあがりそうで、すぐさま電話をかけた。何度かけても奈々は電話に出なかった。

――ちゃんとまっすぐ帰ってらっしゃいよ。毎日こんな遅くまで何やってるの。

ある日美和子は帰宅した奈々に言った。

――まっすぐ帰ってきてるよ、それに何やってるって、塾で勉強してるんだから電話鳴らさないでほしい。

奈々はそう答えた。娘が嘘《うそ》をついたことに美和子は愕然《がくぜん》としたがそれ以上追及できなかった。翌日の昼間、予備校のある駅まで行き、駅前に何があるのか調べた。コンビニと書店と喫茶店とゲームセンターと居酒屋とユニクロと美容院。昼間だというのにゲームセンターには汚らしい服装をした若い男が何人かいた。美容院の店員はみんな髪の毛が茶色だったり黄色だったりして、服装もだらしない。書店に入ったらいやらしい雑誌の表紙がまず目に飛び込んできた。眩暈《めまい》がした。こんな猥雑《わいざつ》な駅に奈々を通わせていたなんて。その夜帰宅した文彦に、予備校を止めさせるように言ったが、勉強したいと言い出したのは奈々だから親が止めさせるわけにはいかない、と取り合ってくれなかった。結局美和子は予備校が終わる時間に出入り口の前で奈々を待ち、何をしているのかを確かめた。駅前のコンビニエンスストアで、雑誌を立ち読みしていただけだった。男との逢瀬《おうせ》ではなかったことに安堵しつつも、腑《ふ》に落ちない気持ちも残った。

卒業後の進路を決めるとき、文彦は公立学校を勧めたが美和子は私立の女子校を勧めた。

——そんな金ないよ。

——あるでしょう、少し切り詰めればどうにでもなるわよ。

——簡単に言うなよ、学費どれだけ違うと思ってるんだ。どうせ美和子は働かないんだろ。

——お金なんかより奈々の身の安全のほうが大切です！　共学になんか行ってあの子が変な男にひっかかったらどうするの？

——まあそれも社会勉強だと思うけど。

——あなたそれでも父親なの!?　万が一妊娠でもしたらどうするの!?　そんな呑気《のんき》なこと言ってられる!?

——そんなに奈々が信じられないか!?　自分が育てた娘だろ!?

このときは大喧嘩《おおげんか》になった。金を稼いでくるのは文彦なので専業主婦の美和子は口を閉ざさざるを得なかったのだが、結局、奈々は公立に落ち、滑り止めとして受けていた女子校に入学することになった。美和子が勧めた、近くに繁華街も男子校も共学校もない、とても良い環境の学校だ。文彦の勧めた公立校は近くに繁華街があった。そんなところに通わせたら子供は不良になるに決まってる。

「駅の階段で携帯電話見ながら横一列に並んでて、危ないったらないわよ。前にお年寄りでもいたらどうするのかしら」

「第一高校の学生さんよね。私もこのまえ電車の中で七人掛けの席を五人で占領してるの見たわ。お年寄りが来ても知らん顔してるの。学校でどういう教育してるのかしら」

「やっぱり共学はダメよね。女の子たちも変に色気づいちゃって、気持ち悪いったらありゃしない」

隣の席で、美和子より十歳くらい年上の春日《かすが》さんと荏田《えだ》さんが手の動きを止めて話し合っている。ほらね、繁華街の共学の生徒は性根が腐ってダメな子になるのだ。やっぱり私のほうが正しかった。家から自転車で移動できる距離の大型スーパーに入っているカルチャーセンターで、美和子は週に一度、木版画を習っている。月謝は四千円と家計を圧迫しない程度なので、文彦は渋々ながら許してくれた。まだ通い始めて一ヵ月半だが、先生はとても上品で優しい女性で、美和子の手際の良さをよく褒めてくれる。今月で還暦だというので、お祝いに菓子折りを持ってきたらそれも大層喜んでくれた。頑張ってちょっと遠くのデパートに足を運んだ甲斐《かい》があった。

「小沢《おざわ》さんのお嬢さん、奈々ちゃんだっけ？　たしか女子校よね？　中学からのエスカレーター？」

「いえ、夫の方針で中学までは公立で。高校から女子校なんです。毎日学校から帰ってきたらいろんな話をしてくれて、とっても楽しそうに通ってますよ」

「あらー、今どきいいお嬢さんねえ」

「ええ、でもまだまだ子供で、精神的にちょっと弱くって。昨日も、昔は生物の授業でカエルの解剖をしていたって話を先生から聞いたらしくて、カエルが可哀想《かわいそう》だって悲しんでるんですよ。薬の開発にマウスを殺さなきゃいけないってことも聞いて、どうしたら動物を殺さずに薬を作ることができるだろうって。だからきっとあの子、大学は薬学部か医学部に行こうとするんじゃないかしら。ウチの子、ちょっと抜けてるけど地頭はいいんですよ。小学校の成績もそこそこよくって、先生からはいつも通信簿に『小沢さんはやればできる子』って書いてもらってたんです。中学校に入ってからは自分で塾に通いたいなんて言い始めて。私は反対したんですけどね。家で勉強すればいいのに、夫が通わせろってうるさくて。おかげで希望する高校に入れたからよかったんですけど。木版画も、前に奈々がテレビで見て『あんなのできるようになりたいな』って言ったんですよ。でもあの子もうテニス部に入っちゃったあとだから、私が教えてあげようと思って。ウチの子、親に似て手先も器用なんです。昔、姑《しゅうとめ》に鉤針《かぎばり》編《あ》みを教えてもらったときはすぐに飽きちゃったけど、幼稚園のころは粘土細工が大好きで、象とか猫とかすごく上手に作ってたんです。先生にも『奈々ちゃんには才能がある』ってとっても褒められて、だから私は芸術のほうに進んでほしいと思ってたんですけどね、夫がそんな金にならないもの習わせるくらいなら勉強させろって怒っちゃって。そりゃ字が書けるようになったのはほかの子たちよりちょっとだけ遅かったけど、情操教育も大切でしょ。発達が遅いのだって子供の個性ですよねえ」

年上のふたりの女はしだいに表情を失ってゆく。美和子が「ねえ？」ともう一度返事を促すとやっと笑みを浮かべ「そうねえ」と答えた。そしてすぐに目を逸《そ》らし、作業途中の木版画に視線を落とした。

美和子には姉がふたりいる。九歳年上の千賀子《ちかこ》から約一年ぶりに電話がかかってきて、二週間後の母親の命日を思い出した。

「今年は美和子も墓参りに来なさいよ、早紀子《さきこ》も来るから」

威圧的な口調に美和子は苛立つ。美和子が七歳のときに母親は死んでいる。父親も、美和子が十五歳のときに死んでいる。そのとき既に社会人として働いていた千賀子が、美和子の高校の学費を払っていた。早紀子は千賀子のふたつ年下、美和子から見たら七つ年上の姉で、十七歳のときに妊娠してふたつ年上の男と所帯を持ったが二十歳前に別れている。美和子が高校を卒業した年、既にシングルマザーだった早紀子から「あんたの学費は千賀子ねえちゃんがいかがわしい店で働いて中年のおじさんたちから巻きあげたお金だよ」と聞かされた。実際に千賀子は三姉妹の中で一番容姿が良く、その様子は容易に想像できたため美和子は疑いもせずに信じ、ふたりの姉を軽蔑するようになった。千賀子はいまだに独身で子供も産んでいないし、早紀子の子供は男の子で、中学卒業と共に家を出て行き、早紀子自身はそのあと二度結婚している。千賀子の話によれば今はまた独身だという。ふたりともさっさとこの世から消えてしまえばいいと思う。

「行けたら行くけど……私も奈々の世話で忙しいのよ、毎日部活やってるし、疲れて帰ってくるからちゃんとご飯を食べさせなきゃいけないし、あの子最近痩せてきちゃって心配なの」

それに美和子はもう母親の顔なんか憶《おぼ》えていなかった。会話を交わした記憶もないしどんな女だったのかも判らない。

「そうか、奈々ちゃんもう高校生か。大きくなったろうねえ」

懐かしそうに千賀子は言った。その声にまた苛立つ。

美和子が結婚式を挙げた日、新婦側の親族がひとりもいないのはおかしいから、と文彦が勝手にふたりの姉を招いた。そして奈々が生まれたときは彼女たちに葉書を出した。会いたくもなかったのに姉たちは家まで押しかけてきたのだ。天使のように愛らしい顔をして眠る奈々に手を伸ばし、勝手に抱きあげようとした姉たちを、美和子は力任せにベビーベッドから引き剝がした。驚いて泣き出した奈々を見て、美和子も泣き叫んで暴れた。やめて、汚い手で奈々に触らないで、まともな結婚もできなかったあんたたちが私の子供に触る権利なんかない、帰って、出て行って。彼女たちが帰ったあと、文彦に引《ひ》っ叩《ぱた》かれた。育ててくれたお姉さんたちになんてひどいことを言うのだ、と。

引っ叩いたことに対してはすぐに謝ってくれたが、美和子はまだ許していない。私じゃなくてよりによってあの女たちの味方をするなんて、一生涯許さない。この日から美和子は文彦と寝室を別にしている。

なるべく来られるようにしなさいよ、と話を締め千賀子は十分ほどで電話を切った。

美和子は若干拍子抜けした。大きくなったろうねえ、と想像するのならばもっと奈々のことを訊《き》けばいいのに。どんな学校に通っているかとか、どんな部活に入っているのかとか、最近は何に興味を持っているのかとか、知りたいことはたくさんあるだろうに。

受話器を本体に戻し、釈然としない気持ちで美和子は奈々の部屋に向かった。ベッドの前に膝をつき枕に顔を埋めると小さいころのままの奈々のにおいがして、ざわついていた心が少し静まる。顔をあげ、近くにあるゴミ箱の中を見たら、空になった二錠分の薬のシートが入っていたのでつまみ出す。風邪薬だった。いつ風邪を引いたのだろう。美和子の脇の下は汗に湿る。嗚呼《ああ》、だからあんな布地の小さな下着じゃなくてお臍《へそ》まで隠れる下着を穿《は》きなさいと何度も言っているのに。あんな小さな下着を穿いてるから風邪なんか引くんだ。美和子は立ちあがり洋服簞笥《だんす》を開け、すべての下着を取り出した。レースやリボンの付いた小さな下着は防寒としてなんの意味も成さない。今すぐ全部なくなるのは困るだろうから、小学校高学年のころに買ってやった、おなかをすっぽり覆う質素な綿のものを三枚だけ残し簞笥に戻す。ゴムが若干伸びているが、あのころから腹周りも成長しているし、問題ないだろう。ほかのものは階下に持ってゆき、ゴミ袋に詰めた。何重にも袋に入れて口を縛っている最中、玄関のチャイムが鳴った。手を止めて美和子はそちらに向かう。

奈々宛ての宅配だった。扉を閉めたあと、差出人を確かめる。「景凡社E. L. Teen読者プレゼント係」と印字された小さな段ボール箱の蓋の隙間に指を突っ込み、美和子はその場で箱を開けた。緩衝材をびりびりと破くと、中から出てきたのは黒いスパンコールがビッシリと縫い付けられたリボンの飾りのヘアゴムだった。苛立ちと笑いが込みあげる。

……あんなニキビだらけの顔で、こんなもの。

台所に向かい、段ボール箱は資源ゴミに、安っぽいヘアゴムと緩衝材は燃えるゴミの袋に入れた。

案の定、奈々はぐったりした様子で帰ってきた。

「大丈夫？　うがいして手洗いしたらすぐにご飯食べなさい、それで今日はお風呂に入らないで寝なさいよ」

「ご飯いらない……それに汗かいたからお風呂には入りたいよ」

「何言ってんの、お風呂に入らなくたって死なないけど、ご飯は食べなきゃ死ぬんだからね！」

奈々は渋々頷《うなず》き、着替えたあとリビングに戻ってきた。今日は奈々のためにたくさんおかずを作ったのだ。中華風の肉のおかず、醬油《しょうゆ》ベースの野菜と豆のおかず、魚のお刺身に、小鉢はふた皿、具沢山の味噌汁《みそしる》。食卓についた奈々はしかし、げんなりした顔で言う。

「こんなに食べられないよ……」

「食べなさい！　全部食べ終わるまで席を立ったらダメよ！」

美和子の命令に、奈々はげんなりした顔のまま箸と茶碗《ちゃわん》を持った。

いつもはいろいろと話してくれるのだが、さすがに体調が悪いのかずっと無言で、一時間経《た》ってもまだ食べ終わらなかった。次第に奈々の顔色は青白くなってゆき、それを見ている美和子の心はいとしさと喜びに昂《たか》ぶる。だるそうに箸を動かしていた奈々は「そういえば」と顔をあげた。

「荷物来てなかった？　私宛ての」

「来てないわよ、何も。ほらさっさと食べなさい、お父さん帰ってきちゃうわよ」

言うや否や、玄関の扉が開く音が聞こえた。いつもどおり出迎え、おかえりー、ただいまー、と挨拶が交わされ、文彦が食事を始めたのを見届けたあと、美和子は二階にあがって奈々の部屋に入った。

鞄の中にはのど飴《あめ》の袋が入っていた。のど風邪だったのか。こんなもの舐《な》めたって治らないのに。いつもどおりの鞄と制服の確認を終えて部屋を出たら、ドアの前に奈々が立っていた。強張《こわば》った顔をして口を開く。

「……何し」

「ご飯はぜんぶ食べたの？　なら早く歯を磨いてさっさと寝なさいよ。あ、マスクして寝たほうがいいわね、この時季それほど乾燥はしてないけど念のためにね。ちょっとマスク取ってくるから、さっさと歯を磨きなさい。奈々がこの年まで虫歯がないのは小さいときにお母さんが毎日ちゃんと磨いてあげてたからなのよ。お母さんの努力を無駄にしないでちょうだい、さ、早く洗面所に行きなさい」

「……やっぱりお風呂にはいり」

「お風呂なんてダメよ、風邪がひどくなったらどうするの。別に奈々のことなんて誰も気にしてないんだから一日くらいお風呂に入らなくたって何とも思われないわよ。歯を磨きなさい」

「でも」

「でもじゃないわよ！　早く歯を磨きなさい！　どうして言うことをきかないの！　虫歯になったらどうするの！　早く磨きなさい、行きなさい！」

自分の声が天井にほわんと響いてるさまが気持ちいい。美和子が奈々の手を取り階段を下ろうとしたら、奈々はそれを振り払った。そして次の瞬間、その場で膝をつき嘔吐《おうと》した。

「何してるの！　せっかく作ったのにもったいない！　止めなさい！」

咄嗟に美和子は自分の手で奈々の口を覆った。しかし嘔吐は止まらず奈々は身体を震わして次々とドロドロした液体を吐き戻し、それは美和子の手指の間から漏れ出て床に落ちる。声が聞こえたのか、下から文彦がやって来た。

「奈々、どうした⁉」

「なんでもないわよ、ちょっと気持ち悪くなっただけでしょ。あなたお風呂入ってきて。ほら奈々、吐いたら痩せて死んじゃうわよ、早く止めて飲み込みなさい」

「いやそれ違うだろ、奈々、大丈夫か⁉」

文彦は美和子を娘から引き離し、その背を撫《な》で始める。奈々に触らないで、と彼の肩に手を掛けたら振り払われた。

「何やってんだ、早く雑巾《ぞうきん》持って来い」

「こんなときだけ父親みたいなこと言わないでよ！　それにあなたはご飯食べ終わったの⁉　あなたがおかずが少ないって文句言うからいっぱい作ったんじゃない、残したら許さないから！」

全部食べたか確かめなければ。美和子は急いで階段を下り、リビングに向かいテーブルの上を見た。文彦のほうの茶碗は空だったが奈々の茶碗は少しだけご飯が残っている。おかずも三分の一くらい残っていて、深い溜息が漏れた。とりあえず嘔吐物で汚れた手を水道で洗い、美和子は足音を立ててリビングを出る。奈々が文彦に支えられて洗面所へ向かっているところだった。慌てて美和子はその腕を解こうとした。

「やめて、奈々に触らないで！」

「うるさい！　上掃除しとけ！」

「そんなのあなたがしなさいよ！　奈々、大丈夫よね？　ご飯の残り食べられるわよね？　せっかくお母さんが作ったんだから、ちゃんと食べてくれるわよね？」

奈々は嘔吐物にまみれた生気のない顔でこちらを見ると、無言のまま肩に載っていた文彦の手を外し、洗面所の中に入っていった。ドアが閉まる。

「もういいから、おまえは台所戻れ」

美和子がドアを開けようとすると文彦はその前に立ちはだかり、命じた。

「だってお風呂になんか入ったら風邪が悪化するでしょ！」

「体温測ったのか？　本当に風邪なのか？」

「…………」

私としたことが。風邪薬とのど飴だけでうっかりしていた。美和子がリビングに駆け戻り救急箱から体温計を取り出している最中、文彦はトイレに入り、カラカラと音を立ててトイレットペーパーを巻き取っていた。あんなに使わなくたっていいのに、もったいない。

体温計を持って洗面所に向かい、ドアを開けようとしたら開かなかった。内側から鍵がかけられていた。驚きのあまり血の気が引いた。奈々がドアに鍵をかけるなんて、今までで初めてのことだ。中で転んで死んじゃったらどうしよう、ただでさえ吐いてしまったのだから、栄養が不足していて眩暈が起きるかもしれない。美和子はリビングに走り、財布の中から十円玉を取り出して再び洗面所の前まで戻った。内側からしか施錠できないドアの鍵は十円玉で外側から開けられる。しかし手が震えて上手《うま》く十円玉が溝に嵌《は》まらない。もたもたしていたらトイレから手に大量のペーパーを持った文彦が出てきてしまった。

「何やってんだ、今奈々が風呂入ってるんだろ」

「だって鍵がかかってるのよ！　中で何かあったらどうするの！　それに早く熱を測らなきゃ、もし熱があったら倒れちゃうかもしれないでしょ！」

「……ちょっと来い」

「やめて、放して触らないで！」

「いいから来い！」

いやあぁぁぁ、という高い悲鳴が家の中に響く。しかし文彦は摑《つか》んだ腕を放してくれなかった。身を捩《よじ》って抗《あらが》っても男の腕力は強く、引っ張り戻された美和子は小さく舌打ちする。どうしてこの男は私の言うことを聞かないの。文彦はリビングに入り、ダイニングテーブルの前で美和子に命じた。

「座れ、とにかくちょっと話そう」

「奈々が死んだらあなたのせいだからね」

「死なないから。おまえ今日、奈々宛ての荷物勝手に開けて捨てたな」

放り投げるように美和子を椅子に座らせた文彦は、その腕を摑んだまま問うた。

「だってあんなもの奈々には必要ないもの」

「それはおまえじゃなくて奈々が判断することだろ。ほかにも奈々が自分の小遣いで買ったものいろいろ勝手に捨てたんだってな、アクセサリーとか、服とか、ほかにも」

「だってすごく丈の短いスカートとか、お臍の出るようなシャツとか、大きなイヤリングとかよ？　そんなもの身につけて外歩いて変な男に声をかけられたりしたらどうするの？」

「確かに色気づくには早いけど、少なくとも捨てるなら一言断ってから捨てるだろ、普通」

　色気づく、という言葉と、普通、という言葉に、喩《たと》えようもない不快感を覚えた。この人は、普通という言葉を履き違えてる。

「……普通って何よ、子育てに普通なんてあると思ってるの？」

「いや」

「奈々が『普通の子供』だったとでも思ってるの？　ねえ、憶えてないの？　奈々は生まれたとき死にかけたのよ？　五分五分の確率で諦めてくださいって言われた子なのよ？　ずっと小児喘息《ぜんそく》だったのよ？　ミルクは吐き戻すし、食も細くてぜんぜん食べてくれなくて、いろいろ工夫してようやくあそこまで、死なせないで育てたのよ？　ねえ、あなた奈々が幼稚園のときに二年間単身赴任で家にいなかったわよね。喘息の発作が起きるたびに、奈々が吐くたびに、熱出すたびに、私がひとりでどれだけ心細かったと思う？　ああ今日も生きててくれたって安心してもすぐに、でも明日は死んじゃうかもしれないって不安になって、毎日毎日、毎日毎日、ずーっと怖かったのよ？」

「それはもう何度も聞いたし謝ってるし、仕方ないだろ、サラリーマンだったら誰にだって起こり得ることだろ」

「片方の親が家にいないのが普通なの？　ねえ、それなら私だって普通の家で育ったわよ。お母さんがいない家が普通なら私だって普通よ、ねえ、じゃあ普通の家に生まれた女はどうやって普通の子育てを教わるの、誰に教わるの」

「………」

「誰も子育ての仕方なんて教えてくれないのよ、ねえ、お母さんに育てられてないのよ私、普通のお母さんは子供をどんなふうに育てるのよ、答えを知ってるなら教えてよ！　誰からも正しい子育てなんて教われなかったのよ私は！」

　文彦はめんどくさそうな表情を浮かべ、溜息をついたあと美和子から顔を背けた。

　母親が死んだあと、千賀子はアルバイトをしていて、早紀子は高校受験のために図書館で勉強していて毎日遅かった。だから小学生で帰りの早い美和子がほぼすべての家事を担っていた。掃除、洗濯、炊事。それは家の中では「あたりまえにやらなければならないこと」で、どんなに頑張っても誰にも褒めてもらえなかった。褒め言葉にも聞こえるクラスメイトたちの「偉いね」「すごいね」は賞賛ではなくただの同情と憐憫《れんびん》で「可哀想」と同義だ。言われるたびに惨めだった。

あの日、美和子は図工の宿題で、貼り絵を作っていた。折り紙を千切って画用紙に貼ってひまわりの絵を作った。とても上手にできたから、まずは帰ってきた早紀子に見せた。

――へたくそ。私が美和子くらいの年にはもっと上手に作れてた。

そのあと、帰ってきた千賀子に見せた。

――ねえ、そんなことよりご飯まだなの。

父親に見せても無反応で、そんなに上手に作れていないのか、と、夕飯を家族で食べたあと、少し手を加えた。そして再び父親に見せようと書斎を訪れたとき、彼はそこにいなかった。部屋の隣にある洗面所の扉を薄く開き、中を覗《のぞ》いていた。早紀子が風呂に入っているはずだった。

――何してるの、お父さん。

あのときの、振り返った男の顔を、思い出そうとしても思い出せない。

奈々は洗面所からバスタオルを身体に巻いただけの状態で出てきた。急ぎ足で二階の部屋に向かうのを、美和子は追いかける。階段の上では文彦が嘔吐物の始末をしていた。

「奈々、待って、体温測りなさい」

しかし扉は美和子の目の前で閉められた。エプロンのポケットに入れっぱなしの十円玉を鍵穴の溝にはめ回そうとしたところ、そこにいた文彦にまた止められた。

「ちょっと放っておいてやれよ」

「熱を測れって言ったのはあなたでしょ！」

摑まれた肩を身を捩って振り払い、美和子が再びドアノブに触れようとしたら、内側から扉が開いた。

「奈々、ほら、体温測りましょう」

「……私のパンツは？」

「あんなの穿いてたら風邪引くに決まってるでしょ。明日新しいの買って来てあげるから、小学生のころに買ったのを今日は穿きなさい」

「だって、夏休みの合宿……」

「合宿は下着を見せに行くところなの？　テニスをするために行くんじゃないの？　早くマリちゃんより上手になりたいって言ってたわよね？　嘘なの？　お友達にパンツを見せびらかしたいだけなの？」

奈々は目にいっぱい涙を溜《た》めて唇を嚙《か》み締めた。赤ん坊のときと同じ顔をしていて、なんて可愛いのだろう、と思う。しばらくののち唇を解き、「ごめんなさい」と答えて扉を閉めた。体温、と思い出してノブに手を掛けたらまたもや文彦がそれを止める。いいかげんにしてほしい。

「……下着まで捨てたのかよ」

「あなたがお小遣い五千円もあげるからあんな売春婦みたいな下着を買うのよ。大丈夫、明日私が子供らしいものを新しく買ってくるから」

「おまえほんとにいいかげんにしろよ」

「こっちの台詞《せりふ》よ、都合の良いときだけ娘に味方して点稼ごうとして、見え透いてるったらありゃしない。毎日奈々の世話をしてるのは私なのよ?」

「判ったから、とりあえず、体温計は奈々に渡しておくから、おまえは台所片付けてこい」

ふと、突き落としてやろうかと思った。ふたりがいるのは階段の上で、男の肩を押せば簡単にその身体は一直線に転がり落ちて行くだろう。文彦が今はただ奈々と自分の仲を引き裂こうとしている邪魔者にしか思えなかった。しかし反撃されれば自分が落とされる可能性もある。美和子は出しかけた手を下におろし、改めて奈々の部屋の扉をノックした。

「奈々、あとでまた来るからそれまでに体温測っておきなさいよ」

返事が聞こえない。美和子は再び娘の名を呼びながら部屋の扉を叩く。

を下った。

「奈々、返事は？　聞こえないわよ？」

三秒くらいののち、はい、と小さな声が返ってきた。少しだけ安堵し、美和子は階段を下った。

結局その夜、美和子は奈々の部屋に布団を運び、ベッドの隣に敷いて寝た。

洗い物を終えたあと再び部屋に行ったら、奈々は掛け布団の端から平熱の三十五・八と表示された体温計を差し出してきた。美和子はリセットしてもう一度奈々の舌下にそれを突っ込んだ。実際には三十六・八度だったのだ。ひとりで寝かせるわけにはいかなかった。

——どうして嘘をつくの。

——ごめんなさい。

——別に謝ってほしいわけじゃないの、どうして嘘をつくのか理由を訊いてるの。

何度も同じ問答を繰り返したが、奈々は「ごめんなさい」としか言わなかった。張り合いがない。しかしとにかく今このときは熱を下げなければ、と美和子は部屋を出て台所に向かい、冷蔵庫の野菜室から半分ほど残っている大根を取り出した。生の大根は風邪の予防に効く。しかし食べやすいように磨《す》り下ろすと辛くなるし、熱を加えると栄養が逃げる。あまり空気に触れさせるのもよくない。結局美和子は大根を三センチほどの皮の付いたままの輪切りにし、それをふた切れ皿に載せてフォークを添えて部屋に運んだ。もう鍵はかけられていなかった。やはり母親に頼らなければ生きていけないことを悟ったのだろう。

うつらうつらしていた奈々を抱き起こし、美和子は目の前で大根にフォークを刺し、奈々の口元に運んだ。

――食べなさい、風邪が良くなるから。

――……皮ごと？

――皮にも栄養いっぱいあるのよ。ほら、口開けて。

奈々は首を横に振った。

――どうして？　早く良くなりたいんでしょ？　だから平熱だなんて嘘をついたんでしょ？　なら食べなさい。

しばらく奈々は首を振りつづけた。美和子はその様子を見て深く溜息をつき、手に持っていたフォークを、音を立てて皿に戻す。

――そうね。私がどれだけ心配したって奈々にとってはあたりまえのことだし、ありがたみなんか判ってもらえないのよね。どうせお母さんうるさいとかお母さん厳しいとか思ってるんでしょうね。そういう子に育てちゃったのは私だから、何も文句言えないわよね。仕方ないのよね。もういいわ。せっかく切ったけど、仕方ないけどこの大根は捨てるわ。もったいないわね、食べられるものなのに捨てるのは。食べてもらえなくて、農家の人たちもせっかく作ったのに悲しむわね。人の心の痛みを想像もできないような子に奈々を育てちゃったのね私。情けないわ、自分が。

ゆっくりとベッドサイドから立ちあがる。ドアノブに手をかけたとき、待って、と奈々が言った。

――ごめんなさい、やっぱり食べるから。

――いらないんでしょ？　無理しなくていいわよ。風邪が悪化したって自分のせいだしね。勝手にすればいいわ。

――ごめんなさい。

そのあとも何度か奈々はごめんなさいと繰り返した。美和子は娘の謝罪の言葉に胸を満たされたあと、振り返って再びベッドに戻った。そして再び大根の刺さったフォークを奈々の口の前に運んだ。

奈々の柔らかな唇が開き、白い歯が厚い大根に刺さる。んん、と小さな呻《うめ》き声と共に奈々は大根を噛み切った。よく噛んで食べなさいよ、と言うと奈々は頷き、恐る恐るといった表情でそれを口の中で咀嚼《そしゃく》した。何度もえずいて背中を震わせる奈々の口を美和子は手のひらで押さえ、嚥下《えんげ》させる。ほら、全部食べなさい。まだ残ってるわよ。奈々は両の目から涙を溢れさせ、大根に歯を立てる。愛しくてたまらなかった。

「お母さん、私はいつまで子供なの？」

一時間かけて大根を食べ終えた奈々は、布団を運んできて横に並べた美和子に尋ねた。

「お母さんから生まれてるんだから、ずっとお母さんの子供よ」

美和子は奈々のベッドの端に腰掛け、答えた。何を当たり前のことを言っているのか、この娘は。

「そうじゃなくて、何歳になったら身体洗う石鹸《せっけん》じゃなくて顔洗う石鹸で顔洗っていいの？　何歳になったらニキビの薬つけていいの？　何歳になったら腋毛《わきげ》と脚の毛剃《そ》っていいの？」

「何度も言ってるでしょ。ああいう化粧品には有害物質が含まれてるから肌に悪いの。それに剃刀《かみそり》だって肌が赤く腫れるのよ？」

「じゃあ、いつになったら美容院に行かせてくれるの？」

「……自分でお金を稼げるようになったらね」

手のひらで前髪を撫でる。つやつやでまっすぐな奈々の黒髪は美和子がずっと切っている。小さいときから今まで変わらず肩の上で切り揃《そろ》えていた。

「お金、稼げなかったら？　私がこのままニートになったらどうするの？」

「そんなの奈々だって恥ずかしいでしょ。ちゃんと人に言える立派な大学に行って、良い会社に就職しなさいよ。奈々はやればできるんだから、なりたいと思って頑張れば医者にだって弁護士にだってなれるわよ」

家計的および頭脳的な理由から美和子は大学に行けなかった。高卒で親がいない美和子をいっときでも愛してくれた文彦は、プロポーズのとき「俺が親のぶんまで美和子を守る」と言った。とんだ嘘つきだったと今では思う。美和子の気持ちなど理解しようともせず、ほかの女の味方ばかり。

「ねえ、お母さん」

「早く寝なさい。あ、でも寝る前にもう一度熱測っておこうか」

枕元から体温計を取り、ケースから出して奈々に咥《くわ》えさせた。数十秒後、電子音が鳴る。三十七・二。あがっている。

「明日朝イチで病院行くわよ」

はい、と答えた奈々は天井を見つめたまま、再び両目から涙を溢れさせていた。目の際から零《こぼ》れ落ちた涙が耳と髪の毛を濡《ぬ》らす。

「どうしたの、どこか痛いの？」

「苦しいよ」

「大丈夫？　でも今救急車呼んだらご近所迷惑だから、朝まで我慢しなさい、どこが苦しいの？　擦《さす》ってあげるから」

枕の上で奈々は首を横に振る。呻くように嗚咽《おえつ》を漏らし始めた奈々の身体を、美和子は布団の上からぎゅっと抱きしめた。

「大丈夫よ、苦しくない。ほら、お母さんずっと傍《そば》にいてあげるから、安心して」

震える娘の耳のあたりに鼻先を埋め、そのにおいを嗅ぐ。ほんのりとミルクのにおいがする。小さいころと同じ、子供のにおい。

そう、この子は永遠に私の子供だ。

この世のすべてがこの子の敵になろうと、絶対に守っていかなければならない、世界一大切な私の宝物だ。誰にも渡さない。

その檻《おり》、意外と脆《もろ》いかもしれないよ

解説――救いのない、救済の物語

村山由佳

果物が熟れてゆく時の甘くかぐわしい香りは、いったいどの時点から腐臭へと変わるのだろう。〈愛〉は、足りなくても問題だが、行き過ぎれば暴力になる。収められた六篇《へん》はいずれも、いびつな愛しか知ることのできなかった女たちの物語だ。

ドラマにもなった『校閲ガール』に代表される、胸のすくお仕事小説から宮木あや子にハマった読者が、不用意にこの作品集を読んだなら、おそらく宇宙の果てまで吹っ飛ばされるはずだ。ぜひとも不用意に読み始めてほしい、そうして茫然《ぼうぜん》と立ちすくんでほしいと、意地悪な解説者は思う。

何しろそこは宮木あや子なので、文章はいつもながら流麗で味わい深く、読み始めから水のようにするすると身体《からだ》に染みこむ。しかし読者はしばらくして気づくのだ。自分がいま晴ればれと飲み干した美味《おい》しい水は、じつはとんでもない毒だったのではないか。

それが証拠に、身動きひとつできない。

手も足も神経も痺《しび》れ、もはや逃れることなど不可能だ。

冒頭の一篇『天国の鬼』からして、主人公の明日香は幼い娘を虐待している。そこに罪の意識がほとんどないのは、彼女自身、母親から同じことをされて育ったからだ。子は、親を手本にして育つ。へたな書き手であればここに、虐待のわかりやすい原因として主人公の抱えるストレスを描くところだろうが、明日香にそんなものはない。あるのはただ、どうしようもない欠落ばかりだ。

仲の良い夫は、休日のショッピングモールで娘を遊ばせながら妻に向かって、「好きなところ見てきていいよ」「いつもおつかれさま」と優しい言葉をかける。そうして娘を夫に任せて歩き出した彼女は、運命の再会を果たすのだ。十七年前、自分を連れて逃げてくれた男、一度はともに死のうとした男と。「喉の奥なら傷ついてもばれない」という、全体のタイトルともなった言葉がどのような場面で発せられるかはもとより、自分の人生はすでに余生だとする明日香の最後の述懐が、胸が引き攣《ひつ》れるほど切ない。

二篇目の『肌蕾《きらい》』では、オーガニック・カフェを切り回す喜紗子が主人公となる。彼女が絶対の正しさのもとに作る料理に、夫は味見もしないまま七味やマヨネーズや化学調味料を山ほど加え、時に夕飯を断ってまでジャンクな外食を味わい、嬉々《きき》として自分のSNSに載せる。「ほら、正解なんていつだって不正解だ」と喜紗子は思う。かつて彼女の母親は、夫が食べたがる不健康なものを食べさせ続けた結果彼を死なせ、反動で

「健康食」と「正しい生活」をまるで宗教のごとく娘にも強いたのだった。

家では「良い妻」、職場では「良いおばさん」を演じる喜紗子は、アルバイトの学生に興味を惹《ひ》かれる。〈味蕾《みらい》〉ならぬ〈肌蕾《きらい》〉で味わう若い男の味。彼のバックグラウンドの重たさを知ってなお、「薄い嘲笑と共に目を逸《そ》らし」てのけ、「恋人でもない女にピロートークかよ」と断じてみせる喜紗子の手強《てごわ》さに茫然とさせられる。

続く『金色』の麻貴もまた、したたかさでは負けていない。財産目的の納得ずくで老人と結婚し、その息子ばかりか孫とまで関係を持つ麻貴は、生まれた時から花街で育ち、母親からは「人を信じたって絶対に裏切られるのだから、誰も信じてはいけない」と叩《たた》き込まれて成長した。そんな彼女が初めて刹那の恋を自覚した相手は、ミッション系のお嬢様学校に通う女子中学生だった。

〈嗚呼《ああ》神様、私は穢《けが》らわしい女です。あんな清らな娘に近付いてはならない穢れた女です。でも、ほかにどうやって生きれば良かったのか、どう生きれば正しい人になれたのか、いくら考えても判《わか》りません。神様〉

花を生かすのが生け花であるように、麻貴は自身という〈花〉を最大限に美しく生かそうとしているだけなのだ。醜く老いてゆくものなど、愛に値しない。しかし彼女は、いつか自分も否応《いやおう》なく老いることもよく知っている。作者の巧みさは、濃密な文章だけでなくそうした暗喩にもよく顕れている。

『指と首、隠れたところ』では、〈金魚〉がその役割を担う。狭い水槽の中でガラスにごつんごつんと体当たりを繰り返す、よく見ればぼろぼろに傷ついた金魚たち。

描かれるのはありがちなセックスレス夫婦ではない。セックスはある、情もある、それでも美鶴は生徒として通ってくる男の指にどうしようもなく惹《ひ》かれ、このままでは何もかも失う予感に苛《さいな》まれて、子どもを持ちたいと願う。しかし、かつて心から好きになって結婚したはずの夫は、自身が親に捨てられた経験からか、美鶴の願いを拒む。地方都市の閉塞的な環境の中、美鶴の精神は不協和音を奏で始める。水槽がいかに息苦しくとも、飛び出した金魚は生きてゆくことができない。

最後から二番目の『ろくでなし』を、全体の中の一服の清涼剤と評するのは言い過ぎだろうか。やくざの情婦となる女を描きながら、この作品集の中にあっては純愛の物語として読めるのが凄《すご》い。置かれた状況が八方塞がりであることは確かなのだが、この物語においてだけは主人公が愛を信じているからかもしれない。

それがたとえ愛に似たものに過ぎなかったとしても、声高に語られる「愛」よりもむしろ「愛のようなもの」のほうがずっと優しいことを、ここまで読み進めてきた私たちはもう知っている。自分を裏切ったかつての夫に対してひとかけらの同情さえ投げかけなかった紗枝が、七年でも十五年でも待てると言い切る姿が清々《すがすが》しい。

そしていよいよ最後の一篇、『泥梨《ないり》の天使』だ。泥梨とは奈落・生き地獄を意味し、タイトルからして一篇目の『天国の鬼』と対をなすわけだが、いやはや、ホラーかと思うほど一行一行が怖ろしい。小説など所詮作りごと、こんな母親いるわけがない、そう言い切れたならどんなにいいかと思う。

ここに描かれる美和子を我々が恐怖し嫌悪するのは、最終話に辿《たど》り着くまでの作品それぞれを通じて、母親という生きものがどれだけ強烈に娘たちを支配し、その支配がどれほど永く続くかを嫌というほど思い知らされているからだ。

とはいえ、美和子が口にした中で、唯一共感できた言葉がある。

「誰も子育ての仕方なんて教えてくれないのよ、ねえ、お母さんに育てられてないのよ私、普通のお母さんは子供をどんなふうに育てるのよ、答えを知ってるなら教えてよ！誰からも正しい子育てなんて教われなかったのよ私は！」

そう――親からノーマルな愛し方というものを学べなかった者たちは、どうやって我が子を、あるいは他者を、愛せばいいというのか。

読めば読むほど、〈愛〉とは何なのかがわからなくなる。〈愛〉の名のもとに押しつけられるものが怖くてたまらなくなってゆく。

これらの作品を、あくまで他人事として読むことのできる人、あるいは共感できないと言って遠ざけられる人が羨ましい。

かつて、〈毒母〉という言葉が娘たちの側からつかわれ始めた当初、世間には批判的な意見が多くあった。

曰《いわ》く、親に向かって毒とは何だ。母と娘の間には多かれ少なかれ色々な感情の行き違いがあって当然だし、そもそも母親は命がけで出産し、全力で愛情を注いで育てるもので、その愛に対して子は何があろうと感謝すべきであり、母親を疎んだり憎んだりするのは本人が大人になりきれていない証拠である——とまあ、要約すればそういった意見だった。最近つかわれるようになってきた〈親ガチャ〉という表現への批判も、だいたい似通っているようだ。

しかし、どうなのだろう。それらの言葉を甘えと断じるのは簡単だけれど、今まで確たる名前がなかったものにようやく呼び名が付いたことによって、初めて心に落とし所が生まれ、救われる人たちはきっといるはずだ。

私たちは、名前のないものを理解するのが難しい。たとえば〈セクハラ〉や〈パワハラ〉などの様々なハラスメント、〈ブラック企業〉や〈圧迫面接〉など悪《あ》しき体質を表す言葉、あるいは〈PTSD〉や〈発達障害〉や〈LGBTQ〉などもそうかもしれない。いずれも呼び名が一般的でなかった頃は話題にのぼることも少なく、結果として世間の理解が進まなかった。

切実に必要としている人たちからそうした言葉を奪おうとするのは常に、自分はその苦しみや傷を知らない人々だ。「喉の奥なら傷ついてもばれない」とは、言い換えれば、見えないところについた傷は人から案じてもらえない、ということでもある。傷はいつまでも癒えず、膿《う》んで腐って本人だけを苦しめる。

物語というものは、その救済のためにこそ必要なのかもしれない。

一見すると救いのかけらもない言葉に救われる人たちがいるのと同じく、救いのかけらもない物語に救われる読者だって必ずいる。まるで自傷行為の代わりのような読書体験によって、心のリハビリを重ねてゆくこともできる。

〈愛情と呼ばれる檻《おり》につながれている人へ〉

冒頭、さりげない献辞のように置かれた言葉に対して、最後の最後で呼応する一行の破壊力たるやどうだろう。

〈その檻、意外と……〉

このたった一言に、どれほどの想《おも》いがこめられていることだろう。

収められた短篇一つひとつを、おそらくやむにやまれず産み出した作家・宮木あや子の、泥梨の底からの祈りと受け止めた。

（むらやま・ゆか　作家）

本書は二〇一五年十月、講談社より刊行されました。

初出一覧
天国の鬼　「ジェイ・ノベル」二〇一四年八月号
肌蕾　「小説現代」二〇一五年三月号
金色　「小説現代」二〇一四年十一月号
指と首、隠れたところ　「GINGER L.」二〇一二年九月号
ろくでなし　「小説新潮」二〇一一年二月号
泥梨の天使（「鞄の中」を改題）「小説現代」二〇一五年七月号

宮木あや子の本

雨の塔

資産家の娘だけが入れる全寮制の女子大に「捨てられた」四人。世間から隔絶され孤独が深まる中、互いに意識し惹かれあうように――。この上なく繊細で切ない少女たちの物語。

集英社文庫

宮木あや子の本

太陽の庭

日本の政財界から密かに神と崇められる一族・永代院。息子が父の女を愛したことから崩壊への道を歩み始め……。世間から隔絶した一族の愛憎と官能を描く、美しく、幻想的な物語。

集英社文庫

集英社文庫

喉《のど》の奥《おく》なら傷《きず》ついてもばれない

2021年11月25日　第1刷　　定価はカバーに表示してあります。

著　者　宮木《みやぎ》あや子《こ》

発行者　徳永　真

発行所　株式会社　集英社
東京都千代田区一ツ橋2-5-10　〒101-8050
電話　【編集部】03-3230-6095
【読者係】03-3230-6080
【販売部】03-3230-6393（書店専用）

印　刷　中央精版印刷株式会社　株式会社美松堂

製　本　中央精版印刷株式会社

フォーマットデザイン　アリヤマデザインストア　　マークデザイン　居山浩二

本書の一部あるいは全部を無断で複写・複製することは、法律で認められた場合を除き、著作権の侵害となります。また、業者など、読者本人以外による本書のデジタル化は、いかなる場合でも一切認められませんのでご注意下さい。

造本には十分注意しておりますが、印刷・製本など製造上の不備がありましたら、お手数ですが小社「読者係」までご連絡下さい。古書店、フリマアプリ、オークションサイト等で入手されたものは対応いたしかねますのでご了承下さい。

© Ayako Miyagi 2021　Printed in Japan
ISBN978-4-08-744320-2 C0193